O final da nossa história

Texto 2019 © Graciela Mayrink
Edição 2019 © Bambolê

Coordenação Editorial: Ana Cristina Melo
Assistente editorial: Juliana Pellegrinetti
Projeto gráfico e direção de arte: Idée Arte
Revisão: Gerusa Bondan
1ª edição: agosto/2019 – 2ª impressão: dezembro/2021

M474f
    Mayrink, Graciela
        O final da nossa história: até que ponto o tempo e a distância podem afastar um grande amor? / Graciela Mayrink. – Rio de Janeiro : Bambolê, 2019.
        272 p. ; 21 cm.

    ISBN 978-85-69470-61-8

    1. Literatura brasileira - Romance. I. Título.

199-15-19   CDD : 869.93

Dados Internacionais de Catalogação na Publicação (CIP)
Fabio Osmar de Oliveira Maciel – CRB-7 6284

Todos os direitos reservados e protegidos. Nenhuma parte deste livro pode ser reproduzida total ou parcialmente sem a expressa autorização da editora. O texto deste livro contempla a grafia determinada pelo Acordo Ortográfico da Língua Portuguesa, vigente no Brasil desde 1º de janeiro de 2009.

Bambolê
comercial@editorabambole.com.br
http://www.editorabambole.com.br

Graciela Mayrink

Autora de *O som de um coração vazio*

O final da nossa história

Até que ponto o tempo e a distância podem afastar um grande amor?

Para minha irmã, Flávia, a razão da existência dos meus livros, minha eterna companheira de Star Wars.

"Que a força esteja com você"
Star Wars

próLogo

"Há muito tempo, em uma galáxia muito, muito distante..."

– Epígrafe de Star Wars

Amanheceu há alguns minutos, mas não consegui dormir direito. Cochilei um pouco e me sinto cansado, pensando no encontro iminente que tenho.

Estou sentado na primeira classe, olhando a paisagem branca forrada de nuvens do lado de fora da minúscula janela do avião, tentando descobrir o que acontecerá quando aterrissar em meu país. Não é a primeira vez que volto ao Brasil desde que me mudei para Nova Iorque, só que agora a viagem não é a lazer, e sim profissional. Mas não é isso o que me preocupa; meu trabalho é bom, perfeito, não tenho do que reclamar.

Há três anos Mônica e eu não nos vemos pessoalmente e há dois e meio não nos falamos. Não tenho ideia de qual será sua reação quando nos encontrarmos. A única certeza que tenho é a de que ainda a amo e preciso dela ao meu lado, mas não sei se me perdoará. Bem, é claro que sim, tem de me perdoar. Ela ainda me ama, não posso nem quero pensar diferente.

Desde que a deixei, tive vários relacionamentos com outras garotas, nada muito importante. Nos últimos anos, saí com lindas mulheres, algumas modelos conhecidas, como Giovanna, na época em que fiquei famoso. Só que nenhuma delas é Mônica, meu amor da juventude, a pessoa que jurei amar eternamente.

A garota de meus sonhos.

O final da nossa história

Olho a vista da varanda, mas não enxergo nada. Meus pensamentos estão distantes, em um voo que chegará dentro de uma hora na cidade. João está vindo, voltando para casa, e irei reencontrá-lo. Só de pensar nisso, meu estômago se revira e sinto a respiração parar. Não tenho a certeza de que meu coração ainda balança por ele, embora saiba que ainda sinto algo quando penso no passado. Estou negando um sentimento que nunca foi embora ou o que quero é encontrá-lo para encerrar tudo de uma vez? Sinto aquela dúvida se é amor ou se é apenas uma lembrança do namoro que tivemos. Nossa ligação sempre foi forte e o fato de ter acabado abruptamente deixou perguntas sem respostas e sentimentos ainda latentes. Ele ainda mexe comigo? Talvez sim, pois só de lembrar os momentos em que passamos juntos, minhas pernas já bambeiam. Mas será que ainda é amor?

Sempre fui uma garota determinada, sensata e forte, ainda mais por causa dos problemas que tive com minha família, e João foi a única pessoa capaz de me desestabilizar. Antes do início do namoro, eu até conseguia ser forte e me manter imune ao charme de João, ele não me afetava tanto. Eu era uma garota durona, que tinha uma resposta na ponta da língua para cada frase dele, mas depois... Era impossível agir de modo racional perto dele, e quem é coerente quando se está apaixonado? O amor não é algo lógico, concreto. O amor é mutável e mexe com a gente. Ao lado de João, eu não pensava direito, apenas sentia, e posso dizer que foram os dois anos mais felizes da minha vida. Ele me entendia e foi o namorado perfeito. Até ir embora.

Quase três anos separados. Nunca mais o vi pessoalmente, apenas na internet, em revistas e uma vez em um documentário sobre os novos artistas que encontrei por acaso enquanto trocava de canal, em uma dessas várias emissoras que temos na TV a cabo, mas nunca assistimos. *Não foi o acaso, pensei na época, foi o destino.* O destino mostrando que nossos caminhos ainda se encontrariam, mesmo que fosse para finalmente termos um desfecho completo, encerrar o que ficou inacabado.

João está com vinte e um anos agora, quase vinte e dois. Embora não tenha mudado muita coisa na aparência, o cabelo castanho escuro está maior, cobrindo parte da lateral do rosto e a nuca, e consigo perceber um leve amadurecimento seu nas últimas entrevistas às quais assisti. Antes, era o garotão metido e deslumbrado pela fama; agora, tento me convencer de que se tornou outra pessoa. É algo que quero muito, afinal, ele era prepotente, arrogante, convencido. Espero que o dinheiro e a fama rápida não tenham piorado esses traços de sua personalidade, e que nossa separação tenha contribuído para torná-lo alguém melhor. *Será que ainda o amo?*, vivo pensando, mas não há resposta certa para a pergunta até ele estar na minha frente. Só assim terei a certeza do que sinto de verdade. O coração é sempre traiçoeiro e apronta dessas nas nossas vidas.

Eu me levanto. Preciso me arrumar ou chegarei atrasada na faculdade. Fico um tempo em frente ao armário, tentando decidir o que usar. Comprei uma roupa para este dia, mas não estou mais gostando dela tanto quanto antes. Preciso estar bem, pois além de ser minha primeira entrevista para a televisão, João me verá após um longo tempo. Não deveria me importar com o que ele vai pensar de mim, mas quero que tenha a certeza de que minha vida seguiu sem ele e estou muito bem. Acho que é a mágoa do término; sempre queremos parecer melhor quando reencontramos um antigo namorado após a separação.

Eu me olho no espelho e sei que estou bem para quem precisa se desdobrar em duas para lidar com a universidade, o trabalho, para ir à academia quando dá, enfrentar o trânsito, além da pressão para que dê certo minha graduação-sanduíche, uma alternativa oferecida pelas universidades aos alunos que podem fazer uma parte do curso aqui no Brasil e outra no exterior, e me levará aonde quero: Nova Iorque.

Decido pegar a roupa que comprei para a ocasião, é com ela mesma que vou, o que ele vai pensar ao me ver não deveria ser minha preocupação. Sinto raiva de mim mesma por ficar assim, por deixar que João ainda me afete tanto quanto antes. Eu deveria ter esquecido aquele mentiroso, deveria ter seguido em frente. Achei que segui, mas, neste momento, olhando o vestido e pensando nele, já não tenho mais tanta certeza.

Balanço a cabeça, espantando os pensamentos. Não quero ficar pensando nele, tenho coisas mais importantes na minha vida no momento, e é nelas que vou focar o resto do dia. João é algo do passado que está voltando e terei a chance de colocar o ponto final que faltava. É hora de executar o "seguir em frente", como sempre falei para mim mesma esses anos todos.

Coloco o vestido preto, a sandália, pulseiras e brincos, penteio meu longo cabelo loiro escuro, que ele tanto amava por causa da leve ondulação que possui, prendo-os em um coque alto e dou uma última olhada no espelho. Ele está aqui, comigo, em meu pescoço. O colar que João meu deu no dia de sua viagem, a última vez em que nos vimos pessoalmente, e que ainda não consigo tirar. O colar que contém a sigla que simbolizava o nosso amor. MLSEJ.

capítulo 1

> "O medo é o caminho para o lado negro. O medo leva à raiva. Raiva leva ao ódio. Ódio leva ao sofrimento. Eu sinto muito medo em você."
>
> – Yoda para Anakin Skywalker em Star Wars Episódio I: A Ameaça Fantasma

Um mês atrás

Normalmente, não me lembro dos detalhes de certos dias, mas é difícil me esquecer do que aconteceu naquela segunda-feira. Cheguei atrasada à redação da TV BR por causa de uma prova, que demorou mais do que o necessário. Costumo ser rápida ao fazer provas, mas parece que algo me dizia que aquele seria um dia atípico.

Acordei cansada e estressada depois de ficar quase o domingo todo terminando um trabalho para a faculdade, e ainda recebi um e-mail do meu chefe pedindo para adiantar uma pauta do programa que ele apresentaria naquela tarde. Sou estagiária/assistente do editor de assuntos internacionais na TV BR, um canal da TV a cabo que tem alguns poucos programas em sua grade; quando não está passando nada inédito, fica nas intermináveis reprises dos dias anteriores.

Ao entrar na emissora, que ocupa um andar inteiro de um prédio comercial no Recreio dos Bandeirantes, Zona Oeste do Rio de Janeiro, penso no que conquistei até agora; mesmo assim, ainda estou insatisfeita. Eu gosto do meu trabalho, mas não tenho muito como crescer onde estou; a emissora é pequena. Quero continuar na TV BR e, para conquistar meu espaço dentro dela, preciso urgente conseguir minha graduação-sanduíche no curso de Jornalismo que faço na Universidade da Guanabara.

Já escutei burburinhos nos corredores da empresa sobre uma expansão pelo mundo, ter alguns correspondentes em cidades estratégicas. Meu alarme interior soou quando vi a possibilidade de continuar o trabalho caso vá para Nova Iorque. Não perdi tempo e fui falar com meu chefe sobre esta ideia, que se mostrou aberto ao meu pedido. Nem sei se dariam o cargo a uma estagiária, mas já provei ser competente e a emissora não possui muitos funcionários para escolher. Quem sabe, se der certo, passo a ser a correspondente internacional deles nos Estados Unidos? Seria perfeito, um emprego do qual gosto e quero.

Eu me sentei à minha mesa, observando o rebuliço que já tomava conta das pessoas, por conta do jornal local que havia começado há pouco. Liguei o computador para verificar a pauta de um programa. Estava tão concentrada, perdida em meio às palavras, que me assustei quando fui interrompida por Anete, minha amiga na emissora.

— Já sabe da última? — perguntou Anete, se sentando na beirada da mesa e ajeitando seu terninho impecável, como exigia sua posição de responsável pela parte de esportes e economia da TV BR. Só ali, naquela empresa, dois assuntos diferentes poderiam ser feitos pela mesma pessoa.

— Não, acabei de chegar.

— Vamos entrevistar aquele artista de Nova Iorque. — Anete estava eufórica.

— Qual artista? — Senti um frio percorrer minha espinha antes mesmo de fazer a pergunta que temia.

— Aquele pintor que é brasileiro, mas trabalha lá.

Antes que Anete dissesse o nome do artista, eu sabia de quem se tratava. Meu coração deu um pulo dentro do peito quando falei seu nome em voz alta.

— JC — disse, tentando não gaguejar ao pronunciar seu nome em voz alta. — João Carlos.

— Esse mesmo!

JC, o grande artista brasileiro que saiu de seu país para estudar artes em Nova Iorque e, em pouco tempo, se transformou na nova sensação de Manhattan graças ao fato de um de seus quadros ter se destacado em um *reality show* norte-americano. Desde então, virou o queridinho das colunas sociais, desejado pelas garotas, o sonho de consumo de oito entre dez brasileiras e estrangeiras. A ascensão dele foi tão rápida e tão comentada que, atualmente, João ocupa um status de celebridade, junto com cantores e atores.

— O trabalho dele é bom, né?

— Sim, as pessoas têm comparado ele a Miró — comentei.

— Que seja. — Anete abanou a mão, como se aquilo não tivesse importância. — O cara é um gato. Já viu a foto dele?

— Já — balbuciei. Ninguém conhece JC melhor do que eu. Pelo menos no Brasil.

— Mas o babado maior não é este. Estava uma loucura aqui de manhã, por conta da notícia da visita do cara. — Anete parou de falar para enrolar o cabelo e fazer um coque. — Escutei de fontes seguras que a emissora conseguiu uma exclusiva com ele. O pessoal estava nervoso, sem saber se rolaria a entrevista ou não.

Eu não devia saber mais nada sobre João, mas é impossível. Tentei não checar sobre sua vida, só que ela saltava sobre meus olhos quando abria os sites de notícias ou andava pelos corredores da Universidade da Guanabara. Ele estudou lá por pouco tempo, um ano e meio, e foi o suficiente para que todos comentassem sobre sua fama. Tentava imaginar o que ele pensava disso tudo. Para dizer a verdade, devia estar adorando. João sempre foi egocêntrico e pretensioso e finalmente conseguira o que mais sonhava: ter seu talento reconhecido ao redor do mundo.

— Patrícia deve estar dando pulos de alegria — comentei, abrindo meu e-mail e lendo as mensagens mais importantes, tentando não pensar em João.

— Aí que está! — disse Anete, um pouco alto, provocando olhares de outras mesas. Ela se abaixou para falar perto de mim. Meu Deus, como ela adora uma fofoca! — Não vai ser a Patrícia quem vai entrevistá-lo.

— Não? Não é ela quem fica com as entrevistas internacionais?

— Tecnicamente, ele não é estrangeiro, mas não é isso. — Anete olhou por cima do ombro, mas não havia ninguém muito próximo a nós duas. — Eu não sei o que aconteceu, só sei que não será ela e, pode apostar, Patrícia está bufando de raiva.

— Ela sempre fica assim quando contrariada.

— Parece que agora a coisa foi feia. Não sei exatamente o quê, mas que algo sério aconteceu, ah, isso sim.

Nossa conversa foi interrompida pela aparição do Sr. Esteves, meu chefe e responsável pela área internacional da emissora, na porta de sua sala. Ele passou a mão no rosto, limpando um suor que não existia, e olhou para os lados, um pouco irritado.

— Mônica, venha até aqui — gritou.

Olhei Anete, que levantou os ombros, sem entender a atitude do chefe. Fui até a sala dele, mas, antes de entrar, esbarrei em Patrícia, que saía de lá. A repórter/apresentadora da emissora me olhou como se quisesse me fuzilar com os olhos, ajeitando seu longo cabelo preto. Patrícia é uma espécie de faz-tudo na emissora: apresenta programas e jornais e entrevista artistas. É linda, o que a ajudou a ser a estrela ali, e não deixa ninguém mais brilhar.

— Você me paga — disse, entre dentes, a grande celebridade da emissora.

Eu a olhei, confusa, sentindo que boa coisa não ia acontecer, e entrei na sala do Sr. Esteves, que já estava sentado atrás de sua mesa, com a proeminente barriga parecendo estar prensada ali.

Ele é baixinho e calvo, e sua estrutura, mais a grande barriga, lhe dão um aspecto de ter saído de um *cartoon* norte-americano.

— Sente, sente. Feche a porta.

Eu me acomodei e percebi o nervosismo tomar conta do meu corpo. Tentei me lembrar se deixei de fazer algo que ele me pedira na sexta ou se enviei errado a pauta para o programa daquele dia. Meu chefe era um cara legal, gente boa, e estava sempre de bom humor, mas, naquele instante, sua irritação era visível e logo deduzi que eu cometera um erro em algum trabalho que ele pediu.

Fiquei apreensiva porque eu vinha cobrando do Sr. Esteves uma posição sobre minha ida para Nova Iorque. Era só o que faltava ser despedida justo no momento em que tentava terminar a universidade no exterior com a ajuda do estágio.

— Fiz algo errado?

— Não, não, sente, vamos apenas conversar. — Ele sorriu, mas ainda não me decidira se era um sorriso bom ou ruim. — Tenho novidades. É, novidades. Novidades boas, você vai gostar.

Meu coração quase saltou do peito. Será que ele conseguira minha promoção para os Estados Unidos assim tão rápido?

— A Patrícia não parecia muito feliz ao sair daqui — disse, temerosa. Sei que Patrícia também queria uma vaga de correspondente fora do país, só não sabia para onde ela desejava ir.

— Patrícia... — O Sr. Esteves cruzou as mãos em cima da barriga. — Ela vai superar, é uma excelente profissional, os cinegrafistas a adoram e o público a ama. Mas não posso fazer nada, estou de mãos atadas e não tive escolha, só que ela não entende.

O Sr. Esteves disparou a falar um monte de coisas que também não entendi. Fiquei ali, apenas o encarando. Ele se levantou, tentou fechar um dos botões do terno, mas desistiu, e ficou andando pela sala.

— Eu acho que chegou sua grande chance, Mônica, e espero que você a agarre com unhas e dentes.

— Minha chance? — Esbocei um sorriso.

Então era verdade, eu havia conseguido a vaga para Nova Iorque! Agora, só faltava a universidade finalizar os trâmites da transferência e começar a preparar as malas.

— Sim, sim. Vamos fazer uma entrevista, quero dizer, fomos escolhidos. Eu nem acreditei quando recebi o telefone daquela mulher, esqueci o nome dela. Devo ter anotado aqui em algum lugar — disse o Sr. Esteves, se sentando e folheando os milhares de papéis que estavam em cima de sua mesa, deixando alguns caírem e se atrapalhando ao pegá-los. — Não sei o motivo de termos sido escolhidos, o que interessa é que fomos, e Deus sabe como isso é importante. Não somos nem a segunda emissora do Brasil, mas estamos chegando lá.

A TV BR não era nem a quinta maior emissora do país, mas não ia estragar a felicidade do meu chefe com detalhes desse nível. Era visível sua alegria, e estava ficando curiosa com o motivo desse alvoroço todo.

— Sr. Esteves, não estou entendendo.

— Ah, sim. Desculpe. Não sei se você já sabe, vamos entrevistar aquele artista famoso, JP.

— JC — corrigi, com o coração acelerado.

— Tanto faz. — Meu chefe cruzou as mãos em cima da mesa e se inclinou um pouco para frente. — Ele é um escultor...

— Pintor.

— ... que vem ao Brasil no mês que vem. Acho que ele é argentino...

— Brasileiro.

— ... e foi para a Califórnia estudar...

— Nova Iorque.

— ... e agora vem fazer uma exposição aqui, acho que no MAM.

Suspirei com a primeira informação certa que o meu chefe

fornecia. Eu sabia tudo sobre a vinda de JC ao Brasil, não se falava em outra coisa. O artista que saiu daqui para ganhar a vida fora e agora voltava em grande estilo para uma exposição no Museu de Arte Moderna do Rio de Janeiro.

— Bem, a tal mulher me ligou, ela é assistente, assessora, alguma coisa desse JP.

Louise Dolbeer era assessora de JC havia um ano e meio. Pelo que pesquisei, era o braço direito e o esquerdo dele, e sua melhor amiga. Ainda não tinha uma opinião definida sobre ela, mas sabia que não rolava nada mais que o interesse profissional entre os dois, o que era um alívio. Ela o descobriu nos corredores da *New York Academy of Art* e começou a trabalhar para torná-lo o que é hoje. Os dois cresceram juntos profissionalmente e agora são respeitados dentro do circuito artístico da cidade norte-americana.

— E aí a Lisa, ou Lourdes, ou sei lá o nome dela, disse que era uma exigência desse escultor dar uma entrevista para nós. Sabe o que significa? Sucesso! Visibilidade, vários pontos no Ibope e a inveja das outras emissoras. Ele não vai dar exclusiva para ninguém, só para nós. Os outros terão de se satisfazer com a coletiva no dia seguinte à nossa entrevista.

O Sr. Esteves estava em êxtase, e fiquei feliz pela emissora, mas comecei a sentir um frio percorrendo minha espinha.

— Isso é bom — comentei, apenas para falar algo.

— Bom? É incrível! E você terá sua chance, já que foi a escolhida.

— Eu? — Senti o café da manhã vir até a garganta e o frio expandindo da espinha para todas as extremidades do meu corpo. — Escolhida?

— Sim. Foi uma exigência da tal Lia, não entendi por que te escolheu, ela não falou, mas isso não interessa. Ela quer que você faça a entrevista, mesmo não sendo uma repórter, apenas você e mais ninguém. Ou você faz, ou não terá exclusiva. Deus sabe o motivo.

Deus sabia, e eu também. João era esperto, seria a chance de falar comigo depois de tudo o que aconteceu. Se eu fosse obrigada, de certa forma, a entrevistá-lo, não haveria como fugir.

Fiquei muda, um medo tomou conta de meu corpo. Não consegui pensar em nada, só senti um turbilhão de coisas passando pela minha cabeça enquanto meu estômago se revirava. O Sr. Esteves me olhou e fez uma careta, acariciando a barriga.

— Você não vai negar, não aceito uma resposta negativa. Afinal, sei que quer ir para fora, então aí está a sua chance — disse, apontando para mim. — Mostre que merece a promoção no lugar de Patrícia.

— Mas, mas...

— Não tem mais nem menos. Vá agora pesquisar a vida do cara e faça as melhores perguntas que você pode fazer para alguém como ele.

Não tive mais tempo para argumentar, nem pensar no que a entrevista podia fazer para a minha carreira... e o meu coração. Mal registrei o que ele falou e fui expulsa da sala do chefe.

Então esse era o motivo pelo qual Patrícia me fuzilou antes da conversa, ela estava com raiva por eu tomar seu lugar. Mal sabia ela que não fazia a menor questão de comandar a tal entrevista.

Fui até minha mesa com minha mente fervilhando e as pernas bambas. Estava tão nervosa que só consegui tirar o celular da bolsa e ligar para minha melhor amiga.

— Pronta para a comemoração do seu niver no sábado? — perguntou Cris. Havia me esquecido completamente disso.

— Sim, claro! — menti. Eu e Cristiane fazemos aniversário no mesmo dia: nove. Só que eu faço em abril e ela em maio. Talvez este detalhe seja algo que interferiu para que tivéssemos uma ligação forte a partir do momento em que nos conhecemos.

— Hum, o que foi? Não senti firmeza na sua voz, alguma coisa aconteceu.

Tive que rir com o comentário dela. Cris me conhece como ninguém. Não me lembro quando ficamos amigas, ela esteve presente na minha vida desde que me entendo por gente. Sua mãe adora contar que a amizade surgiu no primeiro dia na escola, quando éramos muito crianças, e, a partir de então, não nos largamos mais.

— Você não vai acreditar. Adivinha quem será entrevistado pela TV BR?

— Bom, você falou que eu não vou acreditar, então não faço a menor ideia.

— O João.

— Você está brincando!

— Não. E o pior é que ele exigiu que eu faça a entrevista.

Depois de escutá-la xingar vários palavrões no telefone, finalmente perguntou:

— E você aceitou?

— Nem consegui esboçar uma resposta, meu chefe foi taxativo: se quero a vaga em Nova Iorque, preciso fazer a entrevista. — Eu me encostei na cadeira e fechei os olhos. — Imagina, sem chances de falar não, perco meu estágio e a chance de ter um emprego quando for estudar lá fora. Até me esqueci da comemoração do meu aniversário neste sábado.

— Ele foi muito astuto articulando o primeiro reencontro de vocês.

— O terreno é neutro, acho que pensou nisso quando marcou. Com gente em volta, não tenho como escapar e serei obrigada a falar com ele.

— Sim, João foi esperto e soube planejar direito. E o que você vai fazer?

— Não tenho escolha, vou entrevistá-lo daqui a um mês.

— Boa sorte, amiga!

Seis meses atrás

Era uma manhã típica de inverno em Nova Iorque: céu nublado, a cidade sentindo os efeitos do frio e eu no meu ateliê. Encarava a tela branca há tantos minutos que até perdi a conta de quanto tempo fiquei ali, em pé.

Às vezes, alternava meu olhar com a bela vista que tenho do armazém onde funciona meu ateliê, que ocupa todo o segundo andar de um grande galpão na *24 West*, próximo a *11th Avenue*. No andar debaixo há uma galeria que exibe os meus quadros, aqueles que ainda não foram vendidos, e de alguns de meus poucos alunos, que pagam caro para ter uma rápida aula com o grande artista do momento. Sinto uma enorme satisfação quando penso em tudo o que consegui rapidamente. Sempre soube que era bom.

Sorri com meus pensamentos. Ali estava eu, o brasileiro que foi para Nova Iorque e se deu bem. Queria ver a cara dos alunos da Universidade da Guanabara, que riam de mim nas aulas do curso de Artes quando eu contava dos meus planos de me tornar um artista famoso. Diziam que pintor só fica conhecido depois que morre ou bem mais velho e que meu sucesso demoraria a vir, se viesse. Mas sempre tive em mente que, se você gosta muito do que faz, se dedica e é bom, não há como dar errado. Por isso corri atrás do meu objetivo e agarrei todas as chances que a vida me deu para conseguir realizar meu sonho. Ainda bem que na *New York Academy of Art* são só dois anos de curso; mal terminei a faculdade e já estava com a minha carreira definida em um lugar onde a arte é considerada emprego, e não um *hobby*.

O cheiro de tinta era forte ao meu redor, e respirei fundo, inalando o odor que faz meu corpo trabalhar, e ainda assim a tela permaneceu intacta. Escutei a porta se abrir atrás de mim, mas não me virei. Sabia que era Louise Dolbeer, minha assistente, agente, assessora, o que quiser chamar. Eu a chamo de *Minha Mágica* porque ela consegue resolver todos os meus problemas em um estalar de dedos. Não sei o que seria de minha vida profissional sem ela. E pessoal.

— A galeria está cheia? — Era de praxe, todo dia perguntava a mesma coisa.

— Sim, algumas pessoas estão lá observando os quadros, mas nada com que a Sarah não possa lidar — respondeu Louise, se referindo à estudante de Artes que ela contratara como recepcionista para receber os visitantes que querem comprar um JC Matos original. Louise nunca me deixou fazer esse trabalho, diz que preciso manter um ar de mistério e distanciamento dos clientes e só estar disponível em uma *vernissage* ou evento. Foi ideia dela também que a recepcionista fosse uma estudante de Artes, para tirar dúvidas dos visitantes que querem comprar um quadro e não entendem nada de pintura.

Não olhei, mas sabia que Louise estava parada atrás de mim. Provavelmente recriminando minha tela em branco ou tentando descobrir se interrompera algum surto de criação.

— Tenho novidades — disse ela.

— Conseguiu? — Senti meu coração disparar na expectativa pela resposta de Louise. Eu me virei e peguei um pano para limpar as mãos, que ainda não estavam sujas de tinta. É mais um gesto automático, que sempre faço quando me afasto das telas.

— Sim, está tudo acertado e finalizado com o MAM. Recebi o e-mail agora há pouco, li em casa e vim correndo te avisar pessoalmente. Não foi fácil conseguir tudo tão rápido, mas eles conseguiram ajustar o evento na agenda do museu. — Ela me entregou um papel com o e-mail da confirmação impresso, que li por alto. — A abertura da exposição será mesmo daqui a seis meses, com a sua presença garantida.

— Seis meses.

Fiquei pensativo e me aproximei de uma das imensas janelas.

∽ O final da nossa história ∾

Dali, consigo enxergar o Rio Hudson e o *Chelsea Waterside Park*, onde gosto de correr no início do dia, quando não está nevando. Senti um pouco de fome e me lembrei da *bagel* que comprei em uma *deli* próxima ao *Park*, após minha corrida naquela manhã, e fui até uma das várias mesas que ocupam o espaço do ateliê. O pão estava frio, mas não tinha importância.

— Você quer que eu já entre em contato com a emissora?

— Não. — Balancei a cabeça, enquanto desembrulhava o pão. — Espere mais para perto, talvez quando estiver faltando um mês. Não quero imprevistos com a entrevista.

— Combinado. — Louise sorriu e deixou o ateliê, provavelmente indo para sua sala. Ela tem seu próprio escritório no sul da ilha, mas costuma ficar mais na sala que improvisei no meu galpão.

Voltei para perto da janela, comendo a *bagel* fria. Seis meses para reencontrá-la. Como estaria? Será que ainda mantinha aquele namorado almofadinha que vi ao seu lado na última vez em que fui ao Brasil? Esperava que não.

Meu coração estava acelerado e as lembranças da época do colégio voltaram com tudo em minha mente. Mônica sempre esteve presente em minha vida, mesmo que através do pensamento. Era ela quem eu queria ao meu lado quando a fama veio, a pessoa para quem eu tinha vontade de ligar e conversar todas as vezes que algo me acontecia, fosse bom ou ruim.

Eu a amava e precisava reconquistá-la. Foram muitos anos separados e eu não podia mais ficar sem ela.

Sabe aquele momento pelo qual você espera durante anos, sonha, tenta esquematizar na sua cabeça, mas quando acontece a única coisa que pensa é no estômago se revirando dentro do corpo?

Meu tão temido momento — o reencontro com meu ex--namorado — chegou em uma quinta-feira ensolarada. Parece que o universo ri de mim porque estamos no mês de maio, é outono, mas faz calor no Rio e a Praia de Copacabana está lotada para um dia de semana.

Entro no saguão do hotel acompanhada do cinegrafista da emissora. Estou muito nervosa, não tem como não ficar, mas tento não demonstrar e espero que Victor não perceba. Acho que ele está mais preocupado com a filmadora e os equipamentos do que comigo, o que agradeço. Eu o adoro, foi ele quem me indicou para o estágio na TV BR. Victor cursa Publicidade na Universidade da Guanabara e já fizemos algumas matérias juntos. Filmar é um de seus *hobbies*, então, às vezes, ele faz trabalho de *freelancer* para a TV como uma forma de manter sua paixão.

Assim que entro no *hall* do hotel, seco o suor da testa. Meu vestido é um tubinho que vai até o joelho, com gola fechada no pescoço. Algo comportado para uma entrevista, só que não está muito adequado ao calor deste dia, mesmo meu cabelo estando preso em um coque no alto da cabeça.

O combinado foi me encontrar com Louise ali na entrada às três da tarde. Seguro as folhas contendo as perguntas como se elas pudessem me proteger de qualquer coisa. Eu poderia tê-las colocado em minha bolsa, mas estou muito nervosa e preciso ocupar minhas mãos neste momento. Mal presto atenção ao que acontece ao meu redor, quando escuto um barulho vindo da garganta do cinegrafista. Eu o olho e Victor indica um dos sofás caramelo que há ali. Quase desmaio ao avistar Patrícia sentada. Ela se levanta e caminha em nossa direção.

— Olá, querida, acho que não vai precisar disto — diz Patrícia, arrancando as folhas das minhas mãos.

— O que você está fazendo aqui?

— Ora, assumindo meu lugar, ou acha que vou deixar você fazer a exclusiva? — Patrícia me olha de cima a baixo, como se eu fosse insignificante. — Essa palhaçada já foi longe demais. Toda entrevista para a emissora é de minha responsabilidade. Sou eu quem deve aparecer na frente das câmeras da TV BR, e não uma amadora que nem terminou a faculdade ainda. Você nunca fez uma matéria na vida e vai começar logo com alguém tão famoso e importante?

— Você só pode estar maluca — digo e tento, em vão, recuperar as folhas. O pior é que sei o quanto ela pode ser maluca quando sente que estão passando por cima de seu estrelismo. Se ela soubesse que eu lhe daria de bom grado a entrevista, este show no *hall* do hotel seria dispensável.

Patrícia abre a boca para falar algo quando somos interrompidas por uma leve tosse, que indica ter mais alguém ali.

— Boa tarde — diz, em inglês, uma mulher ruiva, de uns vinte e oito anos. — Creio que você é a senhorita Mônica Drumond.

— Sim — respondo, tentando não gaguejar. Reconheço Louise, a assessora de JC.

— Estava te esperando. — Sorridente, Louise vira-se para Patrícia. — Algum problema?

— E você, quem é? — pergunta Patrícia.

— Louise Dolbeer, assessora do JC Matos.

— Ah, que bom, vamos resolver logo esse mal entendido. Meu diretor não conseguiu deixar claro para você que quem faz as entrevistas internacionais sou eu. Creio que ele não soube explicar isto, mas essa aí — Patrícia aponta para mim — não consegue fazer nada, nunca entrevistou alguém. — Ela se vira para Louise. — Mônica não é repórter, onde já se viu?, não tem experiência para poder entrevistar uma pessoa do nível do JC.

— Sim, entendo... Mas acredito que deixamos especificado que a entrevista só será dada se for para a senhorita Drumond. É uma exigência do meu cliente.

— Mas, mas... — Patrícia não consegue falar nada. Eu pego as folhas de suas mãos, Louise me puxa delicada e educadamente e pede que o cinegrafista a siga, indicando o elevador.

Após a porta se fechar, ela me encara.

— Simpática sua amiga.

— Ah, sim, e olha que ela está tendo um bom dia.

O cinegrafista cai na gargalhada, acompanhado por nós duas.

— Prazer em te conhecer — diz Louise.

— Igualmente.

Louise olha meu pescoço e sei o que ela procura, mas a gola do meu vestido preto é um pouco alta e tampa o colar.

Tento me acalmar, o incidente no saguão do hotel com Patrícia só me deixou mais nervosa.

— Não se preocupe, ele está tão ansioso quanto você — comenta Louise, um pouco baixo para Victor não escutar.

Penso em falar algo, mas fico quieta. Duvido que ele esteja tão ou mais ansioso do que eu, João sempre foi muito seguro de si.

A porta do elevador se abre e nós três caminhamos do corredor para uma sala espaçosa, com algumas mesas e sofás.

— Como você quer fazer? — pergunta Louise.

Olho em volta um pouco receosa e Victor, que já tem um pouco mais de experiência naquela situação, ajuda.

— Podemos colocar as duas cadeiras ligeiramente na direção uma da outra, quase como se estivessem de frente — diz ele, já posicionando o equipamento e apontando duas cadeiras.

— É uma boa ideia. — Louise sorri e se afasta. — Vou avisar ao JC que está tudo pronto.

Antes que ela saia, eu seguro seu braço.

— Você não vai querer ver as perguntas antes?

— Não precisa, ele disse que eu podia confiar em você.

Louise sai e decido que definitivamente gosto dela.

capítulo 2

"Toda saga tem um início."

– Fase promocional de Star Wars
Episódio I: A Ameaça Fantasma

5 anos atrás

Nunca vou me esquecer da primeira vez em que a vi. Eu estava sentado em um dos cantos do pátio do colégio, desenhando. Aquele lugar era meu refúgio nos momentos em que precisava dar um tempo da minha namorada Bianca. Ela era linda, mas às vezes me cansava.

Não me lembro do motivo de Bianca ter me estressado, isso era o que menos importava. Eu a largara no meio do pátio com Rafael, meu melhor amigo. Provavelmente, ele ia me xingar quando eu chegasse na aula, mas estava pouco me importando, queria ficar sozinho, no meu canto, me escondendo do mundo e colocando meu lado artista para fora.

Não, não era um daqueles garotos que não falava com ninguém no colégio, muito pelo contrário. Estava no último ano e me achava o cara mais bonito da escola, sem modéstia, tendo todas as meninas apaixonadas por mim e podendo escolher quem quisesse. Claro, como um babaca que era, escolhi a Bianca, a mais bonita e a mais chata também. Éramos um casal formidável: o egocêntrico e a metida.

Bianca falava demais e, às vezes, um artista precisa de silêncio.

Eu gostava de ficar sozinho com meu bloco de desenho A3, no meu mundinho de criação, e o silêncio daquela parte da escola ajudava. Todos iam para o lado oposto do pátio, perto da quadra: os meninos jogando, as meninas assistindo e dando nota para os mais bonitos, uma brincadeira que considerava boba demais. A maioria das garotas era criança, fútil, só pensando em besteiras, como minha namorada.

De vez em quando eu precisava fugir, escapar daquele ambiente. Amo pintar, mas não dava para levar os pincéis para a escola, então carregava meu bloco e me perdia nele, desenhando. As telas em branco são a minha vida, o ar que respiro, a razão de me levantar todos os dias de manhã e, naquela época, não era diferente. Já sabia o que queria ser quando crescesse, e isso despertava mais interesse ainda nas meninas. Eu era bonito e artista, uma combinação fatal.

Enfim, estava ali, quieto, quando vi dois garotos arrastando um pirralho para perto de mim. Eles não me viram, havia um pequeno muro que atrapalhava a visão de quem se aproximava, mas não a minha. Este era um dos motivos de gostar daquele lugar: podia ver com antecedência quem se aproximava, o que me dava a vantagem de ter tempo para esconder meus desenhos.

A princípio, pensei que os projetos de gladiadores iam esmurrar o moleque. Fiquei observando e os dois grandalhões começaram a implicar com o menino, naquela besteirada que os seres superiores fazem com a escória. Eu sabia quem eles eram, dois bobões do segundo ano, que se achavam acima de todos.

Guardei meu material para ajudar o garoto quando a vi se aproximar. O longo cabelo loiro escuro estava preso em um rabo alto na cabeça, seu rosto era redondo, com os olhos amendoados que realçavam a pele clara e as bochechas rosadas. Mas o que me chamou atenção foram seus passos firmes e decididos e o semblante de confiança ao parar em frente aos valentões, muito mais altos que ela. O pirralho tremia, apesar de não ter apanhado. Aquele instante foi quando tive o exemplo real de que, muitas vezes, as palavras ferem mais do que uma surra.

Eu não escutava o que falavam, embora estivessem próximos, porque parecia estar em um mundo paralelo onde só existia eu e ela. Não me apaixonei naquele momento. Sim, sou um romântico como todo artista é, mas minha convicção de só me apaixonar perdidamente quando fosse mais velho falava mais alto que tudo. Apenas fiquei ali, vendo-a pôr as mãos fechadas na cintura, despejar palavras sobre os brutamontes, puxar o garoto e sair como se fosse a dona do mundo.

Continuei sentado, intrigado, sem fazer nada até o final do intervalo. Nunca havia visto aquela menina no colégio. Quem era ela?

Em minha cabeça havia apenas uma certeza: precisava saber seu nome.

Eu me afastei dos dois idiotas bufando, sentia muita raiva naquele momento e em todos os outros que alguém tentava machucar meu irmão. Mal reparei que puxava com força o braço do Fernando, até ele reclamar com um gemido.

— Desculpa — disse, me colocando na frente dele. Estávamos perto das escadas que davam acesso ao primeiro andar da escola, já longe do pátio. Não havia ninguém ali, só nós dois. — Não quis te machucar.

— Não machucou, não se preocupe comigo, Mônica — mentiu Fernando. Ele era apenas um ano mais novo do que eu, só que aparentava mais, talvez por ser muito pequeno e magro. Acho que a perda de nossa mãe também não ajudava, ele tinha um aspecto frágil, como se uma grande tragédia estivesse prestes a acontecer. Infelizmente, já havia acontecido.

Suspirei e o abracei.

— Vá para a sua sala agora. E, amanhã, na hora do intervalo, vá direto para a biblioteca.

Ele balançou a cabeça, concordando, e saiu correndo escadas acima. Fiquei olhando até o perder de vista e já ia para a minha sala quando senti alguém segurar meu ombro.

— Ei, tudo bem?

Virei para trás e vi o babaca do João Carlos sorrindo. Estranhei um pouco, porque ele nunca dirigira a palavra a mim, pensei que nem tinha conhecimento da minha existência. Eu sabia quem ele era, claro, mas foi a primeira vez que ele falou comigo. Eu o detestava.

— O que é? — perguntei, sem muita paciência.

Todos na escola conheciam João, o carinha gato do último ano que se achava a oitava maravilha do mundo. Tudo bem que ele era lindo, mas o que tinha de beleza, tinha de pretensão.

— Está tudo bem?

— Por que não estaria?

— Bem... — Ele pareceu meio perdido. — Vi o que fez agora há pouco no pátio.

— E? — disse, e minha vontade foi de perguntar o que ele tinha a ver com isso.

— Achei aquilo algo assim... — João colocou as mãos nos bolsos da calça jeans. — Muito legal você defender aquele menino.

— Ele é meu irmão, então não fiz nada extraordinário.

— Hum... E o seu nome, qual é?

Juro que tentei, mas não consegui evitar e rolei meus olhos. Por que ele queria saber meu nome? O que pretendia?

— Mônica.

— Quantos anos você tem?

Caramba, que cara curioso. Rolei novamente os olhos, de propósito, para deixar claro que estava sendo chato e inconveniente, mas acho que ele não percebeu. Ou então achou engraçado.

— Quatorze — respondi e fiquei encarando ele. Tive de me controlar para não falar algumas coisas. Já estava irritada pelo episódio com o Fernando e agora esse carinha ficava com papo furado para cima de mim. Ele não tinha namorada? Qual era a intenção dele em vir falar comigo? Se divertir às minhas custas?

— O que você quer?

— Espero te ver mais vezes.

— Por quê?

— Bem, achei legal o que você fez, fiquei intrigado. — Ele sorriu e eu cruzei os braços. — Nunca te vi por aqui e espero te encontrar novamente.

— Considerando que estudamos no mesmo colégio, acho que não tenho muita escolha, né? — disse e me virei de costas.

— Legal. Que a força esteja com você.

Ele realmente havia feito uma referência a *Star Wars*? Não o olhei, continuei de costas e saí andando, sem dar tempo de ele falar alguma outra besteira. Nem em um milhão de anos ia confessar ser louca por *Star Wars* para aquele babaca. Era só o que faltava para deixar meu dia ainda pior, ter o metidinho do João me parando no corredor da escola.

Cheguei na sala quase junto com o professor de História. Ele ficou lá na frente, tentando acalmar a turma, sem sucesso, já que não tinha moral alguma. Sentei ao lado da Cristiane.

— Nossa, o que aconteceu, amiga? Parece que viu um fantasma.

— Aqueles idiotas do segundo ano estavam implicando com o Fernando.

— De novo? Que raiva!

— Sim. Agora talvez eles deem uma maneirada, falei poucas e boas para os dois. Vamos ver. — Dei de ombros.

O professor conseguiu que a turma se acalmasse um pouco e começou a falar sobre a Grande Depressão, que aconteceu em 1929. Foi o estímulo que os alunos precisavam para voltarem todos a conversar.

— Eles precisam deixar o Nando em paz, tadinho — comentou Cris.

Fiz uma careta.

— Pare de chamá-lo de Nando, que coisa horrível. O nome dele é Fernando. — Cristiane mostrou a língua pra mim. — Você nem acredita no que aconteceu depois. Adivinha quem veio falar comigo?

— Sei lá. — Ela ficou pensativa.

— O João Carlos. — Não precisei falar sobrenome, ela sabia quem ele era. Todos sabiam.

— Ai, meu Deus! O que ele falou?

— Não entendi o que queria. Perguntou meu nome e disse que espera me ver mais vezes.

— Ele gosta de você! — disse ela, um pouco alto demais.

— Tá louca? Ele nem sabe quem eu sou. E tem namorada.

Nós duas batemos três vezes na madeira. Era uma superstição que tínhamos todas as vezes em que nos referíamos a garotas nojentas da escola. Bianca era uma delas.

— Você tem que falar com ele de novo, precisa ficar amiga dele.

— Deus me livre, Cris. Nós duas não o suportamos.

— Mas nós não o conhecemos, vai que ele é legal? E, além do mais, você sabe quem é o melhor amigo dele — disse ela, suspirando.

Sim, eu sabia.

Rafael, o grande amor de Cristiane.

Melhor amigo do cara mais metido da escola.

O João.

Que veio falar comigo.

Que situação.

A entrevista acontece daqui a pouco e estou nervoso demais para pensar em qualquer coisa. Louise entra no meu quarto e me encontra sentado na cama, usando uma calça social preta e uma camisa de manga comprida azul marinho. Seguro um copo na mão e ela me censura.

— Não é um pouco cedo para beber?

— Estou ansioso, preciso de algo que me acalme — digo, terminando a bebida e me levantando. — Como ela está?

— Bem, eu acho, não a conheço. Mas está nervosa também.

Sorrio com o canto da boca e vou até a janela. Adoro ficar parado vendo a vida acontecer atrás de uma janela, isso me acalma. No calçadão, as pessoas caminham, correm, tomam água de coco ou uma cerveja. Tento pensar se ela está nervosa por ser sua primeira entrevista para a TV ou por ser comigo. Ou os dois.

Pensar assim faz com que eu me sinta bem, é um sinal de que Mônica ainda gosta de mim.

— E o colar, ela está usando?

— Não deu para ver, o vestido é fechado no pescoço.

— Hum... Acredito que terei de descobrir, então.

— Sim. Pronto?

Limpo o suor das mãos na calça, dou uma última olhada no espelho, vejo que estou perfeito, com o cabelo castanho e liso caindo um pouco no rosto, me dando um ar de artista sedutor e misterioso, e me viro para Louise.

— Acho que sim. Vamos lá.

Estou sentada na cadeira, tentando aparentar tranquilidade observando Victor mexer no equipamento. A cada segundo olho a porta, esperando ele entrar. O que farei? Como será o encontro? Ele fingirá que não me conhece? Será seco?

Por alguns segundos, tenho vontade de me levantar e ir embora, sair correndo daqui. Devia ter deixado a entrevista para Patrícia. *Mas o que estou pensando? É claro que não devia! É a minha chance, tanto profissional quanto pessoal*, penso. E estou certa, a entrevista pode ajudar na tão sonhada promoção.

Dou uma última lida nas perguntas que Anete fez. Não tive condições de pensar em nada, apenas ajustei uma ou outra. Demoro um pouco mais de tempo analisando a última. *As fãs querem saber... você está saindo com alguém?*

— Mas que tipo de pergunta idiota é essa? — comento, um pouco alto.

— O quê? — Victor me olha, confuso.

— Nada, estava falando comigo mesma.

Sinto meu rosto ficar vermelho e torço para que ele não tenha entendido o que eu disse. Tento formular outra pergunta, outro jeito de saber o que quero, mas nada me vem à cabeça. *Que se dane*, penso. *Faço a pergunta, se sentir abertura.*

Meus pensamentos são interrompidos pelo barulho da porta se abrindo. É ele, entrando na sala. Parece que meu coração vai explodir de tanto que bate acelerado. Descrever o que acontece dentro de mim quando o vejo é algo difícil, estou envolvida com todos os tipos de emoções que parecem tomar conta do meu corpo e preciso demonstrar que sua aparição não me afeta, mas não tenho como ser uma profissional neste momento. Conforme ele caminha em minha direção, tento não fraquejar e me abalar, e penso se não vou desabar e sentir o mesmo da última vez em que nos vimos, quando eu tinha dezesseis anos.

A visão dele turva minha mente e meus olhos. João está lindo, com um jeito despojado e ao mesmo tempo mantendo seu estilo de artista enigmático com o cabelo castanho liso caindo no rosto. O sorriso é idêntico ao de quando era mais jovem e penso que ainda há muita pretensão em seu semblante; ele não mudou muito, só há um pouco mais de maturidade em seu rosto. Afinal, apenas três anos se passaram. *Apenas?*

5 anos atrás

Depois do dia em que a vi pela primeira vez, todos os momentos em que estava fora da sala eu a procurava. Bianca não percebeu que eu havia mudado, graças a Deus, porque a última coisa que queria era minha namorada fazendo ceninha de ciúmes.

Mônica era uma garota difícil de se esbarrar pelo colégio. Não sei se por que ficava escondida em algum lugar ou pelo fato de eu nunca ter prestado atenção nela antes.

∽ O final da nossa história ∾

Naquele dia, eu a vi de longe, sentada em um banco em um dos cantos do pátio, junto com uma amiga, que também não conhecia.

— Lá está ela. — Mostrei meu novo alvo para Rafael.

— Eu conheço a amiga dela.

— Conhece?

Isso me animou um pouco, seria uma desculpa para me aproximar de Mônica, embora eu não precisasse de nenhuma. Ninguém no colégio negaria ser amigo de João Carlos.

— Não a conheço de verdade. Acho que gosta de mim, já peguei vários olhares dela para mim, mas ela sempre se assusta e vira o rosto, então... — Rafael deu de ombros, mas ambos sabíamos que isso era sinal de que a amiga da Mônica gostava dele.

— Qual o nome dela?

— Sei lá, cara. — Ele balançou a cabeça. — Que pergunta.

— E, aí? Vamos ao ataque?

— Sim, e que a força esteja com você.

Nós rimos, demos um soquinho com as mãos e começamos a ir em direção às meninas. A amiga pareceu ter engolido um fantasma quando viu que nos aproximávamos e cutucou Mônica, que se virou para nós e rolou os olhos. Opa, aquele gesto dela era muito frequente. Ou era só para mim?

— Olá, garotas — disse eu, dando meu sorriso e meu olhar mais sedutores, enquanto colocava um dos pés apoiado no banco. Mônica olhou meu tênis como se tivesse cocô de cachorro grudado nele. — Eu sou o João — disse para a amiga. — E este é o Rafael.

— Cristiane — disse a amiga, gaguejando um pouco.

Cristiane sorriu para Rafael e os dois começaram um papo animado. A ideia inicial era essa mesma, o que não foi difícil, já que ela estava claramente apaixonada pelo meu amigo.

— E aí, o que manda? — perguntei para Mônica, tentando quebrar o gelo da menina.

— Nada.

Ficamos mudos e percebi que não seria tão fácil assim ser amigo, ou qualquer outra coisa dela.

Eu me sentei ao seu lado e segurei a tentação de pôr os braços em volta dos ombros de Mônica.

— Sua namorada não vai fazer cena, vai? — perguntou e eu estranhei.

— Cena?

— Por você estar aqui e não lá — disse ela, apontando para Bianca e suas amigas.

Olhei na direção em que Mônica indicava e percebi que minha namorada me fuzilava com o olhar, mesmo estando longe para saber como aparentavam seus olhos. Quando voltasse para perto, ela ia encher minha paciência. Que saco!

— Quem se importa? — disse, tentando ser engraçado, mas Mônica não riu. — Você fala pouco.

— Só com quem não tenho interesse em conversar.

— Ai, essa doeu. — Tentei pegar sua mão, mas ela puxou com força. — Ei, calma, só quero conversar.

— Sobre o quê? — Ela se virou para mim. — Há dois dias você nem sabia que eu existia. E, pelo visto, minha vida era melhor assim.

— Garota, sua vida nunca pode ser melhor sem ter o João nela.

Mônica deu uma gargalhada, mas não foi por achar a frase engraçada. Parecia algo como sarcasmo.

— Você é ridículo, sabia? — disse ela, se levantando. Rafael e Cristiane pararam de conversar e prestaram atenção ao que Mônica falava, ambos parecendo não acreditar no que estava acontecendo. Eu também estava um pouco chocado com a reação dela. — Quanta pretensão! Você realmente pensa que todos na escola são doidos para ser seus amigos?

— Sim? — comentei, um pouco reticente, sem saber se havia dado a resposta certa.

— Meu Deus, nunca conheci alguém tão idiota quanto você — disse ela, saindo de perto.

Qualquer um teria ficado com raiva ou magoado. Eu estava surpreso. E decidi que precisava fazê-la se apaixonar por mim, mesmo que eu não retribuísse o sentimento.

Quanta audácia, quem ela pensava que era?

Depois de entrar na sala, João Carlos olha direto para mim e sinto as pernas bambearem, mas tento aparentar naturalidade, sem demonstrar o nervosismo que o encontro gera em meu corpo. Será que realmente está nervoso, como Louise disse? Parece que não, o que me deixa um pouco incomodada. Se ele não vai demonstrar, também não vou.

Desvio o olhar e leio novamente as perguntas, apenas tentando fingir indiferença à sua presença, mas logo sinto seu perfume próximo a mim e meu coração volta a acelerar. Levanto o rosto e ele está parado na minha frente, ainda sustentando o sorriso. A respiração parece falhar dentro do peito e tenho a sensação de que todos na sala percebem o quanto sua presença me afeta, inclusive ele, o que me dá raiva. Não quero que saiba que ainda mexe comigo. Ele não deveria mexer comigo como antes nem me afetar tanto, mas é algo que não consigo controlar. Éramos muito jovens quando nos envolvemos, mas, apesar da pouca idade, o amor que sentíamos um pelo outro sempre foi muito forte. Tínhamos uma ligação que mais ninguém que conhecemos tinha, nem mesmo

Cris e Rafa. Percebo que o vendo novamente este sentimento nunca me abandonou, apenas estava adormecido no meu coração e agora reacende.

— Boa tarde, João Carlos, ou JC — diz ele, apertando minha mão. Um cumprimento frio, de duas pessoas que não se conhecem, o que faz a raiva crescer dentro de mim. Fico me perguntando se ele não sente o mesmo, se todo o amor que tinha por mim foi se dispersando com o passar dos anos ou se João continua como antes, conseguindo esconder seus sentimentos melhor do que eu. Respiro fundo e penso que é melhor assim, desta forma consigo me manter mais firme e neutra, sem demonstrar o quanto ele está me abalando.

Eu respondo o cumprimento e ficamos alguns instantes calados, nos encarando e todo nosso passado volta à minha mente. Lembro-me de quando o conheci, de tudo o que ele fez para me conquistar, dos dois anos felizes de namoro, da sua ida para os Estados Unidos, sua traição e nossa separação. Lembro-me de como fiquei apreensiva e feliz quando soube que ia revê-lo. Eu devia odiá-lo, mas é impossível.

— Tudo pronto — diz Victor, e a luz da câmera em meu rosto me traz de volta à realidade.

— Como quer fazer? — pergunta João.

— Você se senta nesta cadeira — digo, tentando manter a naturalidade como se ele fosse um desconhecido. — Podemos começar quando estiver pronto.

— Estou pronto. — Ele sorri e nos sentamos.

capítuLo 3

> "Sabe, às vezes eu impressiono até a mim mesmo."

– Han Solo para Princesa Leia em Star Wars Episódio IV: Uma Nova Esperança

10 meses atrás

Você deve estar pensando: cara, se você é tão apaixonado, por que não tentou reconquistá-la? A verdade é que tentei.

Depois do rompimento, fiquei arrasado e fiz o que achei que provaria o quanto estava arrependido. Liguei várias vezes, mas ela nunca atendeu. Enviei mensagens para o celular, e-mails sem fim declarando meu amor, com poesias e pedidos de desculpas, suplicando pelo perdão de Mônica. Joguei meu ego lá no chão e tentei reatar com a mulher da minha vida. Só não fiz a única coisa que talvez a trouxesse para meus braços: comprar uma passagem para o primeiro voo com destino ao Rio, aparecer em sua porta com um buquê de flores abrindo meu coração e provando o quanto a amava.

Não tinha como, por mais que eu quisesse. Naquela época, ainda não havia sido "descoberto" no mundo das artes, dependia dos meus pais e eles não me deram a grana para a passagem, por mais que eu implorasse. Achavam que era uma paixãozinha de adolescente e que, com o tempo, eu a esqueceria. Impossível!

Depois, quando consegui me estabelecer e comecei a ganhar rios de dinheiro com meus quadros, Mônica ficou no passado. Eu ainda pensava nela todos os dias, mas uma coisa leva à outra e os milhares de compromissos foram resumidos a desculpas esfarrapadas que dava a mim mesmo. Após tanto tempo separados, acabei me acostumando à ideia de que ela estava longe. Acho que tinha medo de que não me amasse mais, que tivesse seguido adiante, ao contrário de mim. Não, não medo. Receio? Sei lá, sempre tive a certeza de que o que sentíamos um pelo outro era eterno, mas era fácil pensar nisso estando distante. A verdade é que temia voltar e vê-la feliz com outro enquanto eu ainda sofria por ela, e me deixei deslumbrar com o novo mundo que se abriu para mim: festas, matérias na internet e na TV, a imprensa atrás, belas mulheres. Na época, não via Mônica pessoalmente há cerca de 1 ano e meio, eu tinha vinte anos, estava solteiro em Nova Iorque e me deixei iludir que curtir a vida me bastava. E havia a mágoa por ela não ter me ouvido e me deixado explicar o que aconteceu. Quem pode me julgar?

    Alguns meses depois da minha rotina voltar ao normal por causa da fama e de terminar o curso na *New York Academy of Art*, decidi que era hora de fazer o que deveria ter feito tempos antes: procurar Mônica. O MAM entrara em contato com Louise, querendo uma exposição do filho ilustre que havia surgido meteoricamente na mídia. Tentei que fosse em abril, no aniversário de dezenove anos de Mônica, mas só conseguiriam uma vaga em maio. Sem problemas, o importante é que eu voltaria ao Brasil, só que precisava vê-la antes. Então, comprei o bendito bilhete e voei para o Rio, sem Mônica saber.

    Fazia dois anos que não nos víamos cara a cara e temia reencontrá-la. Eu não era um frequentador assíduo das redes sociais e parei de procurar notícias dela alguns meses após terminarmos, não porque me esqueci, apenas porque saber sobre Mônica me fazia mal. No início, tentei acompanhá-la de longe através dos amigos e da internet, mas cada sinal de que ela seguia a vida sem mim me deixava deprimido. Estava em um país diferente, com clima e pessoas diferentes, meus amigos haviam ficado no Brasil e agora eram amigos dela. *Team JC* não teve adeptos depois da burrada que fiz.

Eu havia mudado, ou achava que mudara, e queria provar isso para Mônica. Não me envolvi seriamente com ninguém depois do acontecido, só uns beijos e amassos aqui e ali, afinal, não sou de ferro. Cheguei a tentar esquecê-la, mas não consegui; ao me envolver com outras garotas, ficava sempre um vazio, como se faltasse algo, e logo percebi que a ausência que sentia só seria preenchida por Mônica. Claro que a imprensa sempre noticiava um encontro meu com uma modelo, mas nunca levei nada adiante, meu coração estava fechado e ela deveria saber. Casinhos que não são sérios não contam, apenas nosso namoro contava. A meu favor, tinha o grande amor que sentíamos um pelo outro.

Justo na época em que, quando mais novo, havia planejado que iria me apaixonar perdidamente, estava sofrendo de amor. Para ser sincero, já vivia aquela paixão louca e desenfreada que todo artista cultiva, o problema é que o motivo de o meu coração bater forte estava a quilômetros de Nova Iorque.

A volta ao Brasil foi cercada de ansiedade, expectativa e apreensão. Eu torcia para que Mônica continuasse morando no mesmo prédio no Grajaú e a lista telefônica on-line confirmou quando vi o nome do pai dela. Não sabia se ele ainda era vivo e se continuava relapso com os filhos, mas pelo menos o apartamento permanecia em seu nome. Incrível como as pessoas deixam certas informações na internet.

Aluguei um carro no aeroporto e segui para o hotel em Ipanema, me controlando para não descer da Linha Vermelha em direção à Zona Norte do Rio. Antes de encontrar Mônica, precisava de um banho e melhorar a cara de quem passou horas dentro do avião.

Entrei no quarto e dei uma rápida olhada pela janela. A vista da praia me trouxe boas recordações de quando Mônica e eu fugíamos das preocupações dos estudos, enfrentávamos mais de

∽ O final da nossa história ∾

uma hora no ônibus ou metrô e íamos até a areia, sentindo nossos pés afundarem, para depois caminharmos à beira do mar, com a água fria molhando nossas pernas até os joelhos.

Banho tomado, peguei as flores que Louise havia encomendado antecipadamente. Ela fez um bom trabalho, o arranjo era muito bonito, formando um enorme buquê de flores azuis, a cor preferida de Mônica. Como não é algo tão fácil de se encontrar, *Minha Mágica* conseguiu resolver tudo para mim pela internet. Estava chegando com anos de atraso, precisava mostrar que estava me esforçando.

Atravessei o Túnel Rebouças a caminho do Grajaú, na Zona Norte, onde cresci. Passar por lugares que fizeram parte da minha infância e adolescência mexeu comigo, trazendo recordações de quando eu ia para a casa do Rafael assistir a filmes, o começo do namoro com Mônica, o tempo em que ficamos juntos.

O dia estava bonito e o trânsito era horrível para um sábado. Senti isso como um pressentimento de que tudo daria certo: uma coisa boa depois de uma ruim. Não vou negar que me perdi um pouco nas ruas do bairro, que é residencial e todo arborizado. Como podem ser todas iguais? Nem quando eu morava no Grajaú conseguia andar direito por ali, mas, ao mesmo tempo, me senti em casa, voltando ao lugar ao qual pertencia.

Estacionei quase em frente ao prédio que tanto conhecia. Pensei em descer, mas desisti. Depois que a mãe de Mônica faleceu e o pai dela surtou, uma tia se mudou para a casa do irmão e começou a criar os sobrinhos. E não sabia se ela ainda morria de amores por mim depois do que fiz com sua sobrinha. E, também, o que ia falar para o porteiro? Que era o ex há muito tempo sumido?

Também não sabia se Mônica estaria em casa, então decidi ficar dentro do carro e esperar, torcendo para que ela saísse em breve, enquanto pensava na vida. Não havia um plano, apenas voltei para o Brasil com a certeza de que meu antigo amor me perdoaria quando me ouvisse e esclarecesse o deslize que cometi alguns anos atrás, mas, agora, ali, não sabia como me comportar.

Então, esperei. Ainda bem que sou um artista, com a mente aberta e a paciência de ficar horas olhando para um ponto no infinito aguardando algo surgir.

 Depois de uma hora mofando dentro do carro, comecei a ficar entediado e com raiva de não ter levado um bloco A3 para passar o tempo. As flores já não estavam tão bonitas por causa do ar condicionado, que não dava vazão para o calor que fazia do lado de fora mesmo sendo julho, e eu bocejava a cada minuto. Agradeci a mim mesmo por ter desistido de comprar chocolate, que Mônica tanto amava, ou já teria derretido há muito tempo. O inverno do Rio estava cada vez mais se transformando em uma prévia do verão e me lembrei do motivo de nunca me sentir à vontade com o clima da cidade maravilhosa.

 Uma velhinha já havia passado pelo carro duas vezes e me olhado com cara feia. Sorri, mostrei as flores e apontei para o relógio, como quem diz "mulheres! Sempre atrasadas", mas a verdade é que fiquei com medo de que ela chamasse a polícia. Um reencontro com Mônica algemado e dentro de uma viatura não era bem o que havia planejado. Sem contar as manchetes dos jornais: "*Artista brasileiro, sucesso em NY, é preso ao perseguir ex*".

 Um carro preto parou na minha frente, me bloqueando. Tudo bem, eu não ia sair mesmo, apesar de já pensar em desistir e bolar um novo plano. As flores suplicavam para ir embora. O motorista desceu, checou o celular e encostou-se na porta do passageiro, cruzando os braços. Ele devia ter a minha idade e não sei se foi isso que disparou o alarme interior ou se foi a postura dele, claramente aguardando alguém, que fez meu coração doer ao me lembrar dos momentos que passei com Mônica. Ficamos dois anos juntos, mais dois separados e ainda sentia a falta de ter seu corpo junto ao meu.

 Aquele cara esperando uma pessoa que era importante para ele fez com que eu voltasse no tempo e desejasse fazer tudo diferente. Queria ser como ele, ter a minha namorada, alguém para buscar em um sábado à noite e ir a uma festa, um barzinho ou apenas andar pela Lagoa Rodrigo de Freitas de mãos dadas. Desde que esse alguém fosse Mônica.

 Estava perdido em minhas lembranças e pensamentos quando vi o portão do prédio abrir e ela aparecer. É um momento mágico quando se vê alguém que fez parte da sua vida por muito tempo, alguém que ainda é importante para você e que faz seu coração disparar. Fazia dois anos que não a via na minha frente e Mônica estava mais bonita, mais adulta. O jeito de andar era o mesmo, assim como o cabelo no mesmo tom loiro escuro, ainda ondulado e um pouco mais comprido do que quando namoramos. Ela usava um vestido verde de alças, com a saia um pouco rodada, e tinha a pele levemente bronzeada de sol. Um colar envolvia seu pescoço, mas de longe não consegui ver se era o meu. Estava perfeita até parar em frente ao cara do carro preto e abraçá-lo, para depois beijá-lo. A ficha caiu e meu coração se partiu: ela estava namorando e, até onde percebi, feliz. Como Mônica podia ser feliz sem mim?

 Ele falou algo que a fez rir e ela entrou no carro. O cara fechou a porta do passageiro e deu a volta pela traseira, com aquele sorriso de orgulho no rosto, dando a partida em seguida. E o bobão ficou lá, parado, vendo aquela cena de filme romântico, ao mesmo tempo em que as flores morriam ao seu lado.

 A vida dá voltas, porque somente naquele momento eu tive a certeza de que a havia perdido de verdade.

 Entro no salão e vejo Mônica. Meu Deus, como está linda, a vontade que tenho é de correr, agarrá-la e beijá-la. Ela usa o cabelo preso a um coque, realçando seu pescoço, o que me deixa louco. Meu coração está acelerado, mas tento manter a pose. Não sei se consigo. Preciso me controlar.

Da última vez em que a vi, ela estava longe, nos braços do namorado; agora está há poucos passos de mim e meu estômago se revira. Eu me amaldiçoo por ter tomado uma dose de uísque antes de descer do quarto, a ideia era me acalmar, mas me enjoou, e a conclusão que chego é de que vê-la próxima só me deixou mais desnorteado, como se eu perdesse o chão. Eu a amo muito.

Mônica está firme, como se fôssemos estranhos, o que me deixa triste. Mas, também, o que eu esperava? Que ela viesse correndo para meus braços? Bem, talvez sim.

Ela se mantém profissional, eu me aproximo e apertamos a mão, nos apresentando. Fico pensando se ela sentiu minha mão úmida de nervosismo. Louise sabe que nos conhecemos, mas o câmera não. Pelo menos, acho que não.

— Podemos começar quando estiver pronto — diz Mônica, dando uma olhada rápida no papel que está em uma de suas mãos.

— Estou pronto — respondo.

Há duas cadeiras dispostas quase que de frente e ela se senta, me oferecendo a outra. Minhas mãos estão tremendo de ansiedade, mas faço a pose mais casual que consigo: coloco um dos braços no encosto da cadeira e apoio meu tornozelo esquerdo sobre o joelho direito.

— As perguntas foram feitas por você?

Ela me olha, como se tentasse entender o que perguntei.

— A emissora fez — responde Mônica, de forma seca, e faz sinal para o câmera começar a filmar. É a deixa para eu calar a boca. Quase sinto o gelo saindo do corpo dela em direção a mim e me sinto pequeno.

Mônica faz várias perguntas às quais já estou acostumado: como foi o começo, minhas primeiras vendas, o surgimento meteórico em Nova Iorque, a fama rápida. Um monte de perguntas que já me foram feitas mil vezes, mas que, desta vez, respondo com vontade, com entusiasmo. Não sei se ela já pesquisou sobre minha vida, claro que espero que sim, mas tento dar o máximo de informação, caso não tenha se interessado pelo que aconteceu comigo nestes anos todos. Algumas perguntas me deixaram um pouco nervoso, mas acredito que respondi o que ela queria ouvir. Ainda estou me acostumando com a nova Mônica e quero acreditar que ela colocou questões na entrevista de propósito para descobrir quem eu sou agora.

Reparo que ela está terminando a entrevista e fico triste, até notar que ela para antes de fazer a próxima pergunta e rabisca alguma coisa no papel.

— Existe alguma musa inspiradora para suas obras? — pergunta Mônica, e sinto um abalo em sua voz. Desta vez, ela não se mantém firme e profissional e, se não estivesse maquiada, tenho a certeza de que veria suas bochechas ficarem rosas. Ponto para mim.

Dou um sorriso torto e faço uma pausa dramática antes de responder. A imagem que construímos é tão importante quanto nossa obra e sempre fui taxado de misterioso, sedutor e essas baboseiras todas que fazem as mulheres se derreterem e os homens me invejarem.

— Quem sabe? Pode ser que haja um grande e antigo amor por trás de tudo — respondo na lata e tenho a sensação de que Mônica prendeu a respiração. Ela se vira para o câmera, encerrando a entrevista, se levanta rapidamente, e percebo que é agora ou nunca. Louise está conversando com o cinegrafista, distraindo-o. Antes que Mônica possa se afastar, seguro seu braço. — Quero falar com você.

Ela olha para os lados, como se uma multidão fosse entrar e flagrar o que quer que estivesse acontecendo.

— Ok. — responde, e não sei se está sendo seca ou se está nervosa.

— Que horas posso te encontrar hoje?

Ela pensa por alguns segundos, e não sei dizer o que isso significa. Mônica está um pouco diferente daquela garota que conheci. Como eu gostaria de saber o que se passa em sua cabeça.

— Hoje é aniversário da Cris. Vamos comemorar em um barzinho, se quiser ir.

Eu me surpreendo com o convite. Não era o que esperava, queria um encontro sozinho com Mônica, mas estou disposto a aceitar o que vier. Dou uma risada.

— Não acho que ela vá ficar feliz em me ver. Cris deve me odiar.

— Se eu não te odeio, por que ela iria? — rebate Mônica e sinto como se estivesse sendo apunhalado, mas eu mereço.

— Bem colocado. — Tento sorrir novamente, mas ela se mantém séria. — Envie as coordenadas para o meu celular que apareço lá, se você acha que não tem problema.

Entrego meu cartão a tempo, pois o câmera se aproxima de Mônica. Tudo está arrumado e eles já podem ir. Dou uma última olhada para meu antigo amor antes de Louise me levar para fora da sala.

A entrevista correu de forma tranquila, melhor do que eu esperava. Após alguns minutos, nós dois já havíamos relaxado e conversávamos como velhos amigos, o que deu à matéria um toque de intimidade.

No final, depois de passar pelas questões sobre as curiosidades de seu trabalho e como ele virou o JC Matos, artista reconhecido internacionalmente, tento direcionar as perguntas para a vida pessoal, em uma tentativa de descobrir o que ele planeja com o seu retorno ao Brasil.

— O que mudou do João que foi para os Estados Unidos prestes a fazer dezenove anos, para o de agora, com quase vinte e dois?

Ele sorri com o canto da boca e dá uma breve risadinha. É o velho João que sempre conheci muito bem, presunçoso e conquistador. Meu coração acelera.

— Amadurecimento. O antigo João tomou algumas decisões precipitadas, sem se manter fiel ao que acreditava, e aprendeu, amargamente, como crescer. O João de agora sabe o que quer e luta pelo que deseja.

A sensação que tenho é de que estou sem fôlego. Sua resposta foi direta e sem rodeios e sei que não teve nada a ver com pinturas, artes e quadros. Respiro fundo e sigo adiante.

— Ter seu trabalho divulgado através de um famoso *reality show* deixou você surpreso?

— Sim, foi algo inusitado, mas que me ajudou, claro. Não vou negar que me surpreendi quando, do dia para a noite, começaram a comentar sobre meu trabalho, ainda mais por ser um programa sobre uma modelo e não algo relacionado à arte e pintura. Felizmente as críticas foram positivas e isso tornou meu nome conhecido.

Hesito em perguntar sobre Giovanna Spagolla, a modelo do *reality show*, e decido pular para a próxima questão. Sei que eles tiveram um caso após o fim do programa e estão separados no momento.

— A fama veio de forma rápida em sua vida, antes mesmo de ter um diploma. Você terminou o curso em Nova Iorque com quase vinte e um anos, mas poucos meses antes de se formar já era conhecido por todos. Como foi administrar tudo para não se deixar envolver pelo súbito reconhecimento do seu trabalho?

— Não vou dizer que foi ruim. — Ele ri novamente, eu me mantenho séria. — Mas é algo que busquei na minha adolescência. Fui para o exterior pensando em firmar uma carreira em um país onde o mundo das artes é reconhecido e valorizado. Tentei ao máximo me manter o mesmo cara de antes e espero ter conseguido, no que diz respeito à humildade.

Eu arqueio uma sobrancelha. João, humilde? A vontade é de dar uma gargalhada, mas sou profissional. Acho que balanço um pouco a cabeça, com desdém, e tenho a certeza de que ele se diverte.

— Há algum arrependimento que deixou para trás? — Jogo a pergunta para desestabilizá-lo, e acho que consigo. Ele coça a parte de trás da cabeça, se ajeita na cadeira e aperta os lábios, claramente nervoso e um pouco desconfortável.

— Sim, claro. Eu fiz algumas burradas logo que me mudei e perdi muita coisa boa que deixei aqui no Brasil, como os amigos, pessoas especiais. Mas eu era jovem, não pensava muito antes de agir. Quando se passa por algumas situações assim, a gente amadurece e dá valor ao que é importante. E vale a pena tentar lutar para ter tudo de volta.

Agora quem está desestabilizada sou eu, com sua resposta. Dobro o papel e fecho os olhos.

— Existe alguma musa inspiradora para suas obras? — Faço a última pergunta um pouco diferente do que estava escrito no papel. Quero saber o que ele vai responder, o quanto sincero será.

— Quem sabe? Pode ser que haja um grande e antigo amor por trás de tudo.

Eu o encaro e sinto a eletricidade percorrer meu corpo. Não tenho mais nada a dizer. Sei que as últimas respostas foram indiretas a mim e quase engasgo quando ele me encara de volta, mas acredito que ninguém percebe.

Quando tudo termina, Victor recolhe o equipamento enquanto Louise se aproxima dele. Eu me levanto e João se aproxima.

— Quero falar com você — cochicha João, segurando meu braço.

Olho para Victor, que está distraído com Louise ao seu lado, falando algo que não escuto.

— Ok. — respondo, um pouco nervosa.

— A que horas posso te encontrar hoje?

A pergunta me surpreende, apesar de Cristiane ter dito que ele tentaria alguma coisa. Penso por alguns minutos e decido que será divertido falar da minha programação para aquela noite. Quero ver a reação dele.

— Hoje é aniversário da Cris. Vamos comemorar em um barzinho, se quiser ir.

Sinto que não era o que ele esperava, mas João sabe disfarçar bem. Ele dá uma risada.

— Não acho que ela vá ficar feliz em me ver. Cris deve me odiar.

— Se eu não te odeio, por que ela iria? — respondo.

Se ele vai dar uma de gostosão metido, serei sarcástica e má. Meu Deus, me sinto com quatorze anos novamente, sendo atormentada pelo cara mais bonito da escola.

— Bem colocado. Envie as coordenadas para o meu celular que eu apareço lá, se você acha que não tem problema.

João me entrega seu cartão de visitas no momento em que Victor se aproxima de mim, dizendo que está tudo empacotado. Louise leva João para fora da sala e eu respiro fundo.

Saio do hotel desnorteada, mas tento não demonstrar, não quero que Victor perceba. Não sei o que esperava do reencontro com meu ex, nem sei dizer se estou feliz, surpresa ou com raiva. Tentei me manter profissional durante a entrevista, não quero que ele pense que me desmontou. Sempre fui forte e determinada, menos na presença de João. Ele é o único que conseguia me desequilibrar e concluo que ainda consegue.

No carro, a caminho da TV BR, enquanto Victor sai dirigindo como um louco, cortando todos e fechando os mais lentos, tento relaxar e verifico meus e-mails pelo celular. Vejo que Cris me ligou e mandou zilhões de mensagens perguntando como foi rever João, mas não retorno à ligação porque quero conversar com minha amiga sem plateia. Tento não roer o canto da unha e me perco na paisagem do Rio.

Victor xinga todo mundo que ele ultrapassa, mas ignoro, meu pensamento está em João e no nosso reencontro. Não era bem o que eu queria, vê-lo novamente cercado por pessoas, mal pudemos conversar. Não deveria querer falar com ele nunca mais, mas quem disse que o coração obedece à cabeça?

Assim que entro na redação, Anete vem correndo e me puxa até a minha mesa.

— Oh, meu Deus, me conte tudo! — diz ela.

— O que você quer saber? — pergunto.

— Tudo é tudo, tudinho! Como ele é? — pergunta Anete, se sentando na beirada da minha mesa. — Tão bonito pessoalmente quanto na televisão? É simpático? Estava acompanhado? Fale tudo!

— Eu não sei.

— Não sabe o quê? Se ele é bonito?

— Não sei se ele está acompanhado. Lá, estava sozinho — digo, me sentando em frente ao computador.

— E ele é lindo mesmo? Simpático?

Anete faz várias perguntas e sua voz começa a me incomodar. Eu gosto dela, mas quero ficar sozinha neste momento, acabei de reencontrar meu antigo namorado, não quero falar com ninguém a não ser Cris.

— Você está me deixando confusa com tanta pergunta. Sai daqui, preciso trabalhar — digo, sorrindo para que ela não fique chateada.

Anete se levanta da mesa, balança a cabeça e sai. Eu respiro aliviada, pegando meu celular e tentando me decidir se como ou não um chocolate. Talvez dois.

— E aí, como foi? — É assim que Cris atende a ligação. Ela me conhece de verdade, é reconfortante ter alguém ao nosso lado que sabe nossos mais profundos problemas, defeitos e qualidades. Cris é assim comigo.

— Não deu pra conversar muito, a agente dele estava junto e tinha também o cinegrafista — respondo.

— Hum... Mas, nadinha?

— Ele me chamou para sair.

— Não acredito! Sério? Eu sabia!

— Sim. E... Não briga comigo, mas acabei falando de hoje à noite.

— Você convidou o João para a comemoração do meu aniversário?

— Sim — respondo, e fico esperando Cris começar a brigar comigo, mas a reação dela é oposta e escuto uma gargalhada do outro lado da linha.

— Você falou com ele quem vai?

— Não. O que eu ia falar? — Olho meu computador e mordo levemente o lábio inferior. — Nem deu tempo, também.

— Vai ser engraçado.

capítulo 4

"O Lado Negro obscurece tudo. Impossível de ver, o futuro é."

– Yoda para Chanceler Palpatine em Star Wars Episódio II: Ataque dos Clones

Os quarteirões próximos à praia da Rua Olegário Maciel, na Barra da Tijuca, Zona Oeste da cidade, estão tomados por bares, quase que literalmente. É difícil para o táxi se mover e decido saltar antes do bar, não me importo. Gosto de andar no Rio, me traz muitas recordações boas da infância e adolescência.

Chego ao local da comemoração e logo vejo Rafael, meu antigo melhor amigo. Ex-melhor amigo, porque não nos falamos mais desde que me separei de Mônica. Fico feliz em vê-lo e vou em sua direção, dando uma diminuída no passo ao avistar a morena que está ao seu lado. Pisco algumas vezes e demoro a reconhecer Cristiane. Ela era bonitinha na época da escola, mas agora... Minha nossa, está gata demais.

Abraço Rafael, sem tirar os olhos de sua namorada.

— Ora, ora, quem é vivo sempre aparece — diz ela, dando um sorriso debochado e percebo de imediato que ela não gosta de mim. Que novidade!

— Quem é você e o que fez com a namorada do meu amigo? — digo e abraço Cristiane. — Quem diria que três anos fariam bem a você?

— Ai, ai, que engraçadinho.

— Parabéns. — Entrego uma caixa de chocolates caros que comprei no saguão do hotel e acho que ela gosta.

— Quanto tempo, cara — diz Rafael, e sinto que ele está feliz de verdade em me rever. Eu também estou. — Desde que foi para o lado negro da força que você sumiu.

— Você que sumiu, quando parou de me mandar e-mails e mensagens — comento, e na mesma hora me sinto ridículo. Pareço uma garotinha ciumenta, reclamando do sumiço do namorado. Patético, eu sei, mas a verdade é que senti falta do meu amigo.

— Fazer o quê? Não podia ficar do seu lado, ou então perderia minha gata. — Ele pisca um dos olhos, indicando Cristiane. — Senta aí.

Rafael aponta a cadeira na cabeceira da mesa e percebo que a disposição dos lugares está meio estranha. Há duas mesas unidas e meu amigo está sentado na ponta, com Cristiane ao seu lado. Na outra mesa há uma garota bonita também, que eu não havia reparado antes, sentada junto de Cris, com o namorado engomadinho na extremidade. Percebo que eles todos ocupam um lado das mesas, deixando o outro vazio.

— Só posso sentar aqui? — pergunto, estranhando o motivo de eu ter de sentar na cabeceira. Não estou gostando, eles esperam mais dois casais?

— É que a Mônica vai sentar na minha frente para podermos fofocar. Também estamos esperando o Nando. Lembra dele? Seu ex-cunhado? — Cristiane não perde a chance de me alfinetar, mas ignoro. Não entendo por que há quatro cadeiras vazias, mas não faço mais perguntas e me sento na cabeceira.

— Quem diria que o namoro de vocês ia durar tanto — digo, mais por falta do que falar do que por acreditar que eles não dariam certo. Desde o início dava para saber que aquilo era real. Assim como Mônica e eu.

— O que posso dizer, cara? Ela é a mulher da minha vida — diz Rafael, dando um beijo na cabeça de Cristiane e a abraçando.

— E pensar que, se não fosse por mim, vocês não estariam namorando.

— Nossa, que pretensioso, João — responde Cristiane, fazendo uma careta.

— Ei, eu ajudei vocês a ficarem juntos quando comecei a dar em cima da Mônica. Se não fosse por mim, talvez nem tivesse saído um beijo entre vocês.

— Você não mudou nada mesmo, hein? — comenta Cristiane, e não sei se é um elogio, mas fico calado.

O garçom chega com um chope, que não pedi, e agradeço com a cabeça. Não sei se alguém pediu para mim ou se é a velha camaradagem carioca. Dou um gole e a bebida desce gelada, me fazendo fechar os olhos e me lembrar dos tempos em que saía da Universidade da Guanabara para tomar uma cerveja com Rafael. Como é bom curtir a noite no Rio, bem diferente da novaiorquina. Embora seja maio, outono, o clima está agradável, com um vento fresco. As garotas abusam dos vestidos e shorts e eu volto a me sentir um carioca da gema.

— E como está tudo lá fora? — pergunta Rafael.

— Está bem, melhor do que eu esperava quando fui.

— Sim, tenho acompanhado pela internet e fico feliz. Você merece, cara.

— Valeu, mas pensei que achava que eu havia ido para o lado negro da força.

— Bem, ainda posso te salvar do Império.

— Quem sabe não te levo para a Estrela da Morte?

— Cara, ela foi destruída. Duas vezes.

— Nós, do Império, sempre conseguiremos reconstruí-la.

— Ai, que saco, chega dessas referências — diz Cristiane, e se vira para o casal ao seu lado e passa a nos ignorar. Rafael começa a rir e eu o acompanho, me lembrando que ela é mais uma garota de *Star Trek*, por causa do "gato do Chris Pine", como dizia, e implicávamos com ela por isso. Parece que tenho dezessete anos de novo e a amizade nunca acabou.

Não demora muito e Mônica chega, fazendo minha respiração ficar ofegante, o que tento disfarçar. Está linda, com um vestido branco simples e longo e rabo de cavalo. Amo quando ela prende os cabelos no alto da cabeça, deixando o pescoço todo à mostra, acho *sexy* demais. E o rabo, junto com o vestido, expõe o que eu desejava tanto descobrir: ela ainda usa meu colar. MLSEJ. Fico empolgado, com o coração latejando de felicidade, para no segundo seguinte ele rachar.

Ela não vem sozinha.

3 anos atrás

Em casa, tentei não pensar em Mônica. Dormi mal, com várias coisas na cabeça. Eu a amava, não tinha como duvidar disto, mas estava receoso da conversa que teria com minha namorada. Será que ela aceitaria tudo facilmente? Achava difícil.

Saí do prédio em que morava com os meus pais e caminhei até o de Mônica. Era outono e o sol não estava tão quente, precisei andar apenas três quarteirões. O Grajaú é um bairro agradável para caminhar, mas meu coração estava espremido, apertado. Como ela iria reagir ao que eu contaria?

O porteiro já me conhecia e nem me anunciava mais, o que considerava uma falta gravíssima. E se eu fosse um louco, que vai até a casa da namorada e mata todo mundo? Bom, ele devia achar que eu era inofensivo. Talvez fosse meu charme.

Entrei no apartamento de Mônica e tia Lúcia ficou feliz em

me ver. Eu gostava dela e sentia que desde que comecei a cursar Artes na Universidade da Guanabara subi mais em seu conceito. Ela era meio louquinha e achava o máximo sua sobrinha namorar um pintor, mas brincava o tempo todo que Mônica sustentaria nossa família, se nos casássemos. Afinal de contas, os pintores só ficam famosos depois de mortos, como ela costumava dizer. Um pouco preconceituoso, eu sei, mas até entendia sua reação.

Fui até o quarto de minha namorada, depois de responder várias perguntas de tia Lúcia sobre o andamento do meu curso na universidade.

— Como você está? — perguntei, beijando Mônica. Ela estava sentada na cama e eu me sentei ao seu lado.

— Bem. — Mônica ficou com o rosto vermelho. — Senti saudades — disse ela, baixinho. Dei um sorriso, abracei-a e ela encostou o rosto em meu peito.

— Preciso te contar uma coisa. Não sei qual vai ser sua reação, mas quero que me deixe terminar primeiro, antes de falar algo.

Mônica me olhou assustada e senti meu coração ficar apertado. Ela se afastou um pouco e eu passei uma das mãos no meu cabelo.

— Você vai terminar comigo?

Inspirei o ar fortemente e fiquei alguns instantes quieto.

— Não, não é isso... — Fiquei calado, pensando na melhor forma de dizer à minha namorada que em breve estaria muito longe dela. É difícil magoar quem a gente ama, mas eu não tinha escolha; estava empolgado para ir embora, mas não queria deixá-la. — Mais ou menos.

— O quê?

Parecia que ela ia começar a chorar a qualquer momento e eu precisava acalmá-la, mesmo não tendo boas notícias para dar.

— Calma, não quero terminar o namoro, eu te amo e você sabe disso. — Esfreguei minhas mãos na calça jeans, limpando o suor do nervosismo. — Olha, calma, deixa eu te explicar. Aconteceu uma coisa.

— Você está me assustando.

— Eu sei, não é minha intenção, é só que... Meu pai conseguiu uma transferência. — Ela me encarou um pouco confusa. — Você se lembra que te falei que ele estava vendo uma promoção?

Mônica balançou a cabeça, já pressentindo o que eu ia anunciar. Uma lágrima desceu pela sua bochecha e ela tentou segurar um soluço, sem sucesso. Meu peito doeu ao ver sua tristeza.

— Ele foi promovido e o novo cargo exige que se mude do Rio.

— Mudar? — A boca de Mônica tremeu enquanto ela se afastava um pouco de mim, e vi seus olhos se arregalando com a dor tomando conta do seu rosto. Ela estava machucada e magoada por dentro. — Para onde?

Fiquei quieto novamente. Sabia que ia partir o coração de Mônica e não queria que isto acontecesse, mas era inevitável, então decidi falar de uma vez. Não há um jeito fácil de se separar de alguém que você ama.

— Ele vai para Nova Iorque. Não só ele, eu e minha mãe vamos acompanhá-lo.

— Nova Iorque? Nos Estados Unidos? — perguntou Mônica, como se não tivesse entendido.

— Sim.

— Você vai para Nova Iorque? Para longe de mim?

Eu me posicionei de frente para Mônica, segurando suas mãos, em uma tentativa frustrada de mostrar confiança de que tudo ficaria bem e nada mudaria.

— Escuta, vai ser bom, eu vou terminar a faculdade lá. E no final do ano que vem você termina o colégio e pode ir também, me encontrar — disse, esforçando-me para convencer a mim mesmo de que tudo iria permanecer como era, que nosso namoro resistiria à distância e que Mônica jamais me esqueceria. Eu queria acreditar que éramos fortes e que nosso relacionamento era sólido. — Já vou estar na cidade, conhecendo tudo, posso te ajudar com uma vaga lá, meu pai também pode.

Mônica balançou a cabeça e percebi que seus pensamentos e sentimentos estavam confusos.

— Você pode terminar a faculdade aqui também, já cursou um ano e meio.

— Eu sei, mas lá é outro assunto, terei como investir no que gosto, na pintura. Infelizmente, aqui no Brasil as pessoas não valorizam tanto os artistas. Em Nova Iorque, posso estudar em uma excelente universidade, fazer cursos, ter mais destaque, você sabe que sempre quis isso. — Parei para respirar e acariciei o rosto de Mônica. O contato de sua pele na minha sempre me fez estremecer, eu a amava muito. — Mesmo cursando Artes aqui no Brasil, é difícil conseguir trabalho na área, e mais difícil ainda viver dos meus quadros. Esse é o meu sonho, sempre foi, poder pintar e me sustentar com a venda do meu trabalho.

Mônica balançou a cabeça, concordando. Sei que ela tentava processar tudo o que lhe falei e estava difícil. Senti uma tristeza ainda maior dentro do peito, pensando em como seria meu futuro sem minha namorada por perto. Novas lágrimas rolaram pelo rosto de Mônica.

— Vocês vão quando? — Ela praticamente sussurrou.

— Meu pai vai agora no final de maio, ele está vendo a minha transferência para a *New York Academy of Art*. Parece que alguém da empresa dele, que mora lá, tem alguns contatos quentes que podem conseguir isso. Eu e minha mãe vamos só esperar minhas aulas terminarem para mudarmos. Devemos ir no meio de julho para preparar as coisas, pois as aulas na universidade começam em setembro.

— Mas já? Em julho?

— Sim.

Mônica ficou calada, apenas chorando, sem emitir som algum, mas as lágrimas continuavam a rolar pela sua bochecha. Peguei uma de suas mãos e tracei um coração na palma, beijando em seguida.

— Olha, estive pensando, falei com meus pais e eles concordaram. O que você acha de ir em dezembro me visitar, quando as aulas terminarem? — Tentei me mostrar o mais empolgado possível para Mônica se animar também. Eu queria muito que ela fosse me encontrar no final do ano, para matar as saudades. — Assim passamos o Natal e o *réveillon* juntos e você pode ficar até o final das férias. Você vai ver, o final do ano vai chegar rápido.

Ela sorriu, um sorriso sem muita vontade.

— Duvido que minha tia deixe.

— Ah, qual é? Ela deixa, sim, nós conversamos e explicamos tudo. Não é possível que vá impedir, ela me adora!

— É, pode ser — disse, ainda desanimada. — É só que... — Ela não completa a frase e senti que havia algo mais a ser dito.

— O que foi?

— Não é nada.

— Claro que é. — Eu a encarei, encorajando a continuar. — Você sabe que pode me falar qualquer coisa.

Mônica assentiu com a cabeça e mordeu o lábio inferior, fungando.

— Fico pensando no meu pai, que foi embora prometendo que voltaria e sumiu. E agora você vai para longe. Pode parecer bobagem, mas estou me sentindo abandonada de novo. E se você sumir também?

Meu coração se apertou ainda mais e abracei-a. Durante todo o tempo de namoro ela mal falou do pai, mas sabia o quanto o assunto a machucava.

— Não, isso nunca. Não me compare a ele, ao que ele fez. Eu jamais vou te abandonar, apenas vamos estar longe um do outro por algum tempo, mas sempre seremos nós, Mônica e João, para o resto da vida.

— Quero acreditar em você.

— Pode acreditar. Vamos fazer dar certo. Vai dar certo.

Mônica me abraçou ainda mais forte e senti suas lágrimas molharem a manga da minha camisa. Doía saber que estaríamos separados, mas, ao mesmo tempo, eu estava animado por ter a chance de estudar em Nova Iorque. Não disse isso, seria egoísmo de minha parte demonstrar um pouco de empolgação perante seu sofrimento; ela ficaria chateada, com razão. Eu também estava muito triste por ficar longe dela, mas via a viagem para os Estados Unidos como a oportunidade de ter minha profissão dos sonhos.

E tinha a certeza de que, mesmo em países diferentes, nada iria nos separar.

Chego ao barzinho e a primeira pessoa que vejo é o João. Nossos olhares se cruzam e não consigo conter um sorriso, estou realmente feliz em vê-lo e percebo que ele também. Sinto seus olhos pararem no meu colar e o sorriso aumenta em seu rosto, para dar uma vacilada logo em seguida. Ótimo, ele viu o Pedro.

Paro perto dele, que se levanta e me abraça.

— É bom te ver de novo — sussurra em meu ouvido e os pelos dos meus braços se arrepiam.

Minha vontade é ficar em seus braços por mais alguns

minutos, é o que a Mônica adolescente iria querer, mas agora sou adulta, dona de mim mesma e não posso deixá-lo me afetar tanto quanto me afetava, já basta de tarde, na entrevista. Eu me separo com relutância e acredito que ele também gostaria de permanecer junto a mim.

Apresento Pedro e os dois se cumprimentam com um meio abraço e tapinhas nas costas, como velhos amigos. Caminho até Cris, que tem uma expressão de diversão no rosto.

— Daqui a dez minutos vamos ao banheiro porque precisamos fofocar — cochicha ela em meu ouvido e preciso conter uma gargalhada.

Não olho para trás, mas percebo que Pedro, João e Rafael começaram uma conversa animada. Vejo Otavinho e uma garota e imagino que é a ficante da vez. Ele troca tanto que mal consigo acompanhar e guardar os nomes e rostos delas.

— A Gabi me ligou, ela e o Nando estão estacionando o carro — diz ele para mim, quando dou um beijo em sua bochecha.

— Meu Deus, que mania vocês têm de chamá-lo de Nando — implico. A verdade é que nunca gostei de dar um apelido para meu irmão. Ele é Fernando e pronto, sem encurtar o nome.

Eu me sento ao lado de Pedro, ficando de frente para Cris, que ergue uma sobrancelha e indica os meninos. Pedro está de frente para Rafael e João ocupa a cabeceira da mesa. Os três estão em um papo animado sobre esportes, e não sei se fico feliz ou triste. Acho que, no fundo, esperava que meu namorado não se desse tão bem com o meu ex. Esperava que João lutasse por mim, como fez quando eu tinha quatorze anos, mas percebo que as coisas mudam, as pessoas amadurecem e os sentimentos não são mais o que costumavam ser. Percebo que talvez eu precise me acostumar com a ideia de ser apenas amiga dele, e nada mais.

capítuLo 5

> " É inevitável.
> É o seu destino. "

– Imperador para Luke Skywalker em Star Wars
Episódio VI: O Retorno de Jedi

Eu tento não gostar dele, juro. Tento ver defeitos e pensar que é um canalha que só quer levá-la para a cama, mas é difícil. O cara é gente boa, tem uma conversa fácil. Mal percebo e já estamos falando de futebol, das maravilhas do Rio e das vantagens dos Estados Unidos para quem vive de cultura. Ele entende um pouco de arte e se interessa de verdade pelo meu trabalho. É uma daquelas pessoas de quem você gosta de graça, sem saber explicar o motivo.

Olho para Mônica e ela está sorrindo, feliz por eu ter me entendido com seu namorado e constato que, agora, além de ser amigo dele, também sou dela. Que droga!

Mas é fácil perceber por que ele a conquistou. Ele é um cara legal, não é exibido, se enturma fácil e não faz questão de ser o centro das atenções. Quanta diferença para o ex dela, hein? Eu era o oposto disso tudo. Tento odiá-lo por isso, mas não tem como. É impossível odiar o cara. Que merda.

— O que acha de saga lá em casa sábado de tarde? — pergunta Rafael e na mesma hora sei do que ele está falando. Minha cabeça volta pra quando éramos pirralhos e ficávamos vidrados na frente da TV, assistindo aos filmes de *Star Wars*.

— Claro que topo! Nossa, tem tanto tempo que não assisto à saga completa — respondo.

— Viu? Quando digo que você foi para o lado negro da força, sei o que estou dizendo.

— Cara, vocês estão falando do que eu acho que estão falando? — pergunta Pedro.

— *Star Wars* — responde Rafael, e Pedro fecha os olhos, como se saboreasse as palavras.

— Não tem série de filme mais perfeita que essa — diz meu rival e penso se é possível gostar mais do cara. Quase digo para Mônica se casar com ele.

— Quando éramos mais jovens, todas as segundas sextas-feiras do mês eram dias de saga lá em casa — diz Rafael. — Eu e o João tirávamos a tarde para assistir aos filmes. Praticamente sabemos todos os diálogos de cor. Ou sabíamos.

— Se pudesse, me enfiava no programa de vocês... — diz Pedro.

Como negar? Eu quero que ele vá! E me odeio por querer que ele vá. Eu deveria querer que ele morresse atropelado por um ônibus lotado.

— Ué, pode ir — digo e me odeio ainda mais por falar com sinceridade. Eu me sinto uma garotinha toda feliz porque o cara bonito da escola olhou na minha direção, e agora sei como as meninas do colégio se sentiam quando eu sorria para elas. Que babaca que eu era!

— Vou viajar amanhã à tarde. Fica para uma próxima — responde Pedro.

— Mas tá de pé, vamos relembrar a época em que éramos novos e inconsequentes — diz Rafael, como se tivéssemos noventa e oito anos.

— Fechado. Ainda mora no mesmo lugar? — pergunto para o Rafael.

— Sim.

Ia fazer um comentário, mas vejo meu ex-cunhado chegando

acompanhado por uma garota cheia de brincos, piercings e tatuagens. Ela parece uma árvore de Natal ambulante, mas combina com seu jeito. Não acho estranho. Quando se mora em Nova Iorque você se acostuma com as coisas mais bizarras. Não que ela seja bizarra, mas ela não combina em nada com o que me lembro de Fernando. Jamais o imaginaria namorando alguém tão diferente dele como ela parece ser.

Fernando me vê e fecha a cara, mal me cumprimenta e nem me apresenta para sua namorada. Só escuto uma seca saudação:

— Então voltou? Espero que não seja de vez — diz ele, passando reto para falar com Cristiane e fico com a mão estendida no vácuo.

Ele deixa claro que não gosta de mim, provavelmente por ter feito sua irmã sofrer, já que antes me idolatrava. Eu entendo o lado dele, também não me perdoo por isso.

Ainda mais agora, ao perceber que talvez outro cara ocupe o coração de Mônica.

5 anos atrás

Eu a procurei por todo o pátio e não a encontrei. Não sabia onde Mônica havia se escondido, mas não desistiria facilmente. Assim que Bianca e suas amigas se enfiaram no banheiro para tirar fotos no espelho fazendo biquinho, corri em direção ao lugar onde Cristiane estava. Ela agora ficava boa parte do intervalo conversando em um canto com Rafael.

— Onde ela está? — perguntei para Cristiane, olhando por

cima do ombro. Apesar de saber que Bianca ficaria praticamente o intervalo todo no banheiro, tirando inúmeras fotos com suas seguidoras, estava temeroso de que ela aparecesse antes que pudesse ir atrás de Mônica.

— Ela vai me matar se eu te disser... — Cristiane fez beicinho e olhou para Rafael, como se quisesse que ele a defendesse.

— Anda, diz logo — ordenei, ainda olhando para trás, mas nem sinal de Bianca.

— Está na biblioteca — sussurrou Cristiane, como se falar baixo impedisse que Mônica a matasse.

— Beleza — disse, e saí em disparada.

Entrei na biblioteca e não foi difícil encontrá-la. Quase ninguém ia lá, acho até que era minha primeira vez naquele lugar. Mônica levantou os olhos do livro que lia e quase teve um infarto quando me viu. Senti todo o meu corpo entrar em alerta, mas andei em sua direção com passos firmes. Seria difícil dobrá-la, mas não impossível, e a parte da conquista é sempre tão boa quanto o resultado.

— Olá, gatinha — soltei em sua direção.

Coloquei a cadeira ao contrário e me sentei em frente a ela, apoiando os braços no encosto, tentando fazer uma pose sedutora e casual ao mesmo tempo.

— O que você quer? — perguntou, voltando os olhos para o livro que estava em sua frente, como se o fato de estar lendo fosse me espantar.

— Só falar um oi — respondi, dando meu sorriso sedutor, que ela não viu por estar com o nariz enfiado no livro.

Ficamos algum tempo naquele silêncio constrangedor, ela fingindo que lia, eu fingindo que não me importava em ser ignorado. Tentei pensar em algo para comentar, quando o pirralho que ela defendeu alguns dias antes surgiu do meio das estantes com um livro grosso nas mãos.

— Olha o que eu achei, Mônica! — disse ele, um pouco alto.

Seu rosto estava iluminado de alegria e espiei o livro que ele mostrava à irmã. Era um exemplar de alguma história de *Star Wars*. Eu amava assistir à saga, mas nunca tive muita paciência para ler os livros referentes à série, então não soube distinguir qual ele tinha em mãos.

— Opa, você é um Jedi? — perguntei e ele, finalmente, me notou ali na mesa.

Óbvio que sabia quem eu era, todos na escola sabiam. Podia até apostar que todos no Grajaú sabiam. O moleque arregalou os olhos, abriu a boca espantado e se virou para a irmã, como quem perguntava o que o famoso João estava fazendo ali.

— S-s-sim — gaguejou, alternando o olhar entre Mônica e eu. Achei a cena divertida, mas me contive.

— Eu também sou — respondi, sorrindo e unindo a ponta dos meus dedos à palma da minha mão, formando um soquinho para cumprimentá-lo. Ele achou aquilo o máximo, me cumprimentou com o soquinho e se sentou feliz ao meu lado, enquanto Mônica fechava a cara para o moleque. — Qual seu nome?

— Fernando.

— Se quiser, Fernando, na sexta vai rolar maratona na casa do Rafael, meu amigo, conhece?

O pirralho arregalou os olhos mais uma vez.

— Sim, claro que conheço.

Óbvio que ele também sabia quem era o Rafael, o cara mais invejado da escola por ser o melhor amigo do João. Pergunta idiota.

— Aparece lá — comentei, dando meu sorriso sedutor novamente, que agora foi visto pela Mônica.

Provavelmente Rafael iria se irritar com a presença do garoto em sua casa. Eu também não estava animado por ele ir, mas achei que o convite ajudaria com a Mônica. Com certeza o irmão adoraria ser meu amigo, já que ela não se mostrava muito interessada nisso.

— Sério? — O menino só faltou pular da cadeira.

— Ele não vai poder — disse Mônica.

— Ah, deixa... — suplicou Fernando.

— Você também pode ir — disse eu, encarando Mônica. Ela me olhou espantada, como se eu a convidasse para ir a um campo de batalha sacrificar golfinhos.

— Deus me livre!

— Não gosta de *Star Wars*? — perguntei.

— Ela ama! — respondeu Fernando, e acho que Mônica o chutou embaixo da mesa porque ele gemeu e esfregou a perna. — Nossa tia é viciada nos filmes, sempre assistimos com ela — explicou o menino, espiando a irmã, que bufava.

Eu sorri, feliz com aquela informação. Até que enfim, um assunto que teria em comum com ela. Seria legal poder conversar com uma garota que realmente entendesse e gostasse do que eu dizia. Bianca nunca teve paciência para assistir aos filmes, mesmo eu afirmando que ela provavelmente amaria.

Naquele dia, virei o herói do irmão de Mônica, seu Obi-Wan Kanobi, o que me ajudaria a conquistá-la.

Não demora muito tempo e Mônica se levanta para ir embora. Meu coração fica apertado, pensando que não irei mais vê-la naquele dia. E então percebo que não sei mais quando vou encontrá-la, não programei nada, e ainda tem o Pedro, que atrapalha. Ele é um cara legal, mas não estava nos meus planos reencontrar Mônica namorando, embora desconfiasse que algo assim podia acontecer.

O pânico toma conta do meu corpo e tento não pensar aonde os dois vão quando saírem do bar.

— Foi bom te rever — diz ela, me abraçando.

Eu abraço-a forte e me perco em seu perfume. Tento controlar a vontade de beijar seu pescoço.

— Também gostei de te ver. E de saber que ainda usa o

colar — sussurro em seu ouvido e sinto o corpo dela tremer em meus braços. Bom, atingi meu objetivo.

— Eu prometi — diz ela, se afastando um pouco para me encarar, mas ainda permanecendo em meus braços. Não sei se alguém está nos observando porque só consigo olhar para minha ex, mas não me importo. Dane-se o mundo. Eu a beijaria agora se tivesse a certeza de que Mônica quer o mesmo que eu, mas não vou me arriscar a ser empurrado por ela e por seu namorado.

— Sim.

— Alguém tem que cumprir as promessas — alfineta ela e é a deixa para largá-la. Eu a solto, relutante, e seguro sua mão em uma última súplica.

— Quero te ver de novo — digo, antes de, finalmente, largar sua mão.

Mônica não responde porque Pedro se materializa ao seu lado neste momento, abraçando sua cintura como que para marcar território. Apesar de gostar do cara, tenho vontade de socar seu rosto e seu sorriso sincero de amigo.

— Foi um prazer, cara — diz ele e sai puxando Mônica pela mão.

Ela agora é a garota dele e eu sou o ex, apenas isso. O ex, o babaca que foi para o exterior e perdeu-a em uma noite de porre e inconsequência. Olho a mesa e penso em me sentar de frente para Rafael, na cadeira antes ocupada por Pedro, mas Fernando me fuzila da outra mesa e volto para a cabeceira, onde é o lugar da vela da turma.

— E aí, como foi? — pergunta Rafael e sei que ele quer saber sobre meu reencontro com Mônica.

— Um turbilhão de sentimentos — respondo.

— Que droga!

— Nem me fala. — Tenho vontade de fazer várias perguntas sobre Mônica, seus estudos, trabalho, Pedro, mas não quero que ninguém me escute, então decido mudar de assunto. — E me conta, o que tem feito da vida?

— Estou trabalhando com o Otavinho e a Gabriela — responde Rafael, apontando o engomadinho na outra extremidade da mesa e a namorada árvore de Natal do meu ex-cunhado. — Conheci os dois na faculdade. Lembra dos luais que aconteciam quando estávamos na Universidade da Guanabara?

Eu acesso minha memória para tentar recuperar as poucas lembranças que tenho da universidade.

— Acho que sim — digo, mais pra ter o que falar do que por me lembrar de verdade.

— Eu acho que você não foi ao luau... Bom, era o Otavinho quem organizava, tinha todo ano. Ele e outras meninas. Mais tarde a Gabi assumiu o lugar delas, logo que os conheci, e eu entrei depois. O negócio começou a dar certo e criamos uma empresa pra organizar festas. Sou sócio deles.

— Legal, fico feliz em saber que está dando certo.

— Sim. Eu gerencio a parte financeira, não tenho muita paciência para organização de eventos, coisa que eles adoram.

Rafael começa a falar de festas, da empresa e dos sócios e não consigo prestar muita atenção, apenas Mônica está em minha mente, então apenas balanço a cabeça. Depois de um tempo, ele dá uma pausa para molhar a garganta com o refrigerante que está bebendo. Acho legal ser responsável e não encher a cara quando está dirigindo. Como eu volto de táxi, não me importo em beber e peço mais um chope.

— E o moleque? — pergunto, indicando Fernando.

— Ih, por onde começo? Ele teve uma fase meio rebelde logo que você se foi, por causa das confusões com o pai.

— Sempre o pai deles — comento, mas não pergunto sobre o assunto. Embora esteja curioso para saber mais sobre o envolvimento de Mônica e Fernando com o retorno do pai logo que me mudei, e o que aconteceu nos anos em que estive ausente, não é algo que quero discutir com Rafael. Quero saber dos detalhes através de Mônica, já que foi um dos motivos de nos separarmos e ficarmos afastados por tantos anos.

— Mas agora ele está melhor, sossegou quando conheceu a Gabi. Nem preciso falar que a Cris deu uma de cupido e arrumou para os dois ficarem juntos, mas até que o jeito maluco da Gabriela combinou com a rebeldia do Fernando. Os dois se completam.

— E a Mônica? Quanto tempo de namoro? — Decido arriscar a fazer a pergunta que martela minha imaginação ao perceber que ninguém presta atenção a nós dois.

Rafael olha para o lado antes de me responder, mas Cristiane não está muito interessada na nossa conversa. Seu papo com os dois casais está rendendo e ela mal nos enxerga. Mesmo assim, meu novo ex-amigo se aproxima de mim e diz baixo:

— Cara, isso é uma complicação. Eles começaram a namorar faz mais de um ano, mas é um vai e volta que não consigo acompanhar. No início do ano terminaram e parecia que era de vez, mas cerca de um mês atrás voltaram de novo, então, quem sabe se é pra valer ou se vai terminar daqui a pouco?

— Então não é sólido? O que você acha?

Rafael dá de ombros e, antes de responder, checa novamente se Cris está ouvindo o que conversamos. Quando percebe que a namorada está entretida no papo com os amigos, ele me encara e diminui o tom de voz.

— A Cris diz que a Mônica tem problema de confiança, que é difícil ela se entregar totalmente a alguém e acreditar que um homem não a abandonará. Por causa do pai dela e de você.

— Eu? — digo um pouco alto, mas ninguém repara em mim.

— Sim, você a traiu. E o pai dela vive nessa confusão de aparecer e sumir, então ela está sempre sendo abandonada por um homem.

— Ah, Rafa, essa é boa! O pai dela aprontou a vida toda, não deu a menor atenção aos filhos nos momentos em que eles mais precisavam dele e agora a culpa é minha? Se alguém tem culpa nisso é ele, que nunca esteve presente. Sumia por anos e depois reaparecia fazendo mil promessas sem cumprir nem a metade delas.

— Você também vacilou, cara. Você a traiu em um momento difícil da vida da Mônica. Agora é complicado fazer com que ela volte a confiar totalmente em você. Ou em alguém, mas parece que o Pedro a deixa mais calma. Quando eles estão juntos, ela é uma garota diferente.

Suas palavras me atingem em cheio e fecho os olhos por um instante, pensando que não é possível que a perdi e fico remoendo na cabeça as últimas palavras de Rafael, para na mesma hora começar a fazer as contas. Quando voltei ao país no ano passado para vê-la, eles estavam juntos há pouco tempo. Depois terminaram no começo deste ano e ela decidiu reatar o namoro há um mês, ou seja, quando soube que eu vinha ao Brasil. Será que...?

— Quem voltou? — pergunto para Rafael.

— Hã?

— Quem reatou o namoro desta vez, um mês atrás?

— Foi a Mônica, por quê?

Dou um sorriso de vitória. Então ela voltou para o namorado porque não conseguiria me ver e não sentir nada, ele é a sua muralha contra mim. Só que ao mesmo tempo em que estou comemorando internamente, fico pensando em outra possibilidade, mais mórbida: o fato de eles reatarem pode não ter nada a ver comigo e minha volta ao país, pode ser que ela goste dele e quer que o namoro dê certo. Tento não deixar o medo tomar conta de mim porque a possibilidade de Mônica não me amar mais é algo impensável.

— Tenho de vê-la novamente, mas sozinha, sem o Pedro. Você vai me ajudar.

— Putz, não sei... — Rafael coça a cabeça.

— Eu ainda a amo e não acredito que ela tenha me esquecido facilmente.

— Cara, facilmente não. Você não sabe o drama que foi quando vocês terminaram. Ela sofreu pacas.

— Eu também sofri.

— Bem, não pareceu. — Ele ri, mas fica sério quando percebe que não estou achando graça. — Amanhã nós vamos sair com ela. Vou ver se combino com a Cris, não acredito que a Mônica vá se encontrar com você sozinha, mas primeiro devo ter a certeza de que não tem problema você ir também.

— Ela não precisa saber que eu vou.

— Olha, não vou arrumar confusão com a Cris, deixa eu confirmar antes. Vou precisar de muita lábia e argumentos para convencer a Cris a aceitar. Não vai ser fácil.

— Ela me odeia tanto assim?

— Não sei se odeia, depois de um tempo paramos de falar de você — diz Rafael e fica sem graça ao ver minha reação. — Bem, eu tive que parar de te defender ou ia perder minha namorada. Não foi uma época fácil. Mônica ficou arrasada e nós a ajudamos a superar. Quando digo que será difícil convencer a Cris a topar a armar um encontro de vocês, estou falando sério. Você vai precisar mostrar que a ama de verdade.

— Eu a amo, muito.

— Eu acredito, mas não vai ser fácil. Deixa que eu converso com a Cris e te aviso amanhã.

O que posso falar? Se conseguir me encontrar com Mônica sem o namorado a tira-colo já será uma vitória. E ter Rafael e Cristiane juntos será como voltar quatro anos no tempo.

O *Quarteto Fantástico* estará, finalmente, reunido.

capítuLo 6

"Se você não está comigo, então você é meu inimigo."

– Anakin Skywalker para Obi-Wan Kenobi em
Star Wars Episódio III: A Vingança dos Sith

5 anos atrás

Não tinha nada para fazer naquela tarde depois da escola, por isso fiquei empolgada quando Cris ligou me convidando para ir até a Tijuca visitar o Espaço Geek, um lugar que tem praticamente tudo relacionado a histórias em quadrinhos, eletrônicos, filmes, séries, animes. Eu amava ir até lá com Fernando porque era onde ele se sentia mais feliz, em casa. A tristeza ia embora e passávamos horas ali dentro, lendo, brincando ou assistindo a filmes na sala de exibição que havia nos fundos.

Quando um filme legal estava em cartaz, mesmo que antigo, íamos até o local e mergulhávamos em baldes de pipoca, refrigerante e chocolate.

Estranhei um pouco o convite de Cris porque ela nunca me chamara para ir à loja, todas as vezes em que fomos lá era eu quem a convidava. Ela alegou que depois lancharíamos no Shopping Tijuca, onde gostávamos de ir olhar vitrines, mesmo que não comprássemos nada.

Entramos no Espaço Geek e fomos logo para os fundos. Não me lembro do motivo, mas me sentia alegre naquele dia e cheguei até a entrada da loja com um sorriso no rosto, para fechar a cara logo em seguida. Rafael estava parado próximo à entrada da sala, com João ao seu lado.

— Não acredito que você convidou eles — disse, dando as costas para os meninos e encarando Cris. Ela mordeu o lábio inferior, olhando por cima do meu ombro.

— Não. Eu chamei só o Rafael.

— Ai, você devia ter me avisado — disse.

— Você não viria. E minha mãe não me deixaria vir sozinha encontrar um garoto — sussurrou Cristiane. Eu suspirei, era verdade. — Por favor, Mônica, por mim.

— Ok.

O que eu ia fazer? Sair correndo? Queria muito rever o filme do *Quarteto Fantástico* e não ia deixar a presença do João estragar meu dia. Respirei fundo e segui Cris em direção aos meninos.

— Já compramos os ingressos — disse Rafael, de uma maneira tão fofa que fiquei contente por minha amiga, que se derreteu toda.

— Animada? — perguntou João, olhando para mim.

A vontade era de dar um fora nele, mas olhei Cris e me controlei. O motivo de eu detestar tanto o João Carlos era que ele se achava demais, se considerava um ser superior e pensava que todos na escola queriam ser seus amigos. Tudo bem que a maioria queria, mas não eu. Aquele jeito metido, o sorriso convencido no rosto, o corpo e o cabelo perfeitos, tudo nele era feito para eu detestá-lo e querer manter distância. Não tinha como João ser um garoto agradável.

— Sim. Adoro o *Quarteto Fantástico* — respondi, tentando não virar os olhos.

— Eu também. — João sorriu e pareceu se lembrar de algo. — Ei, somos nós!

— O quê? — perguntou Cristiane, que não prestava atenção à nossa conversa.

— Nós somos o *Quarteto Fantástico* — respondeu João, empolgado.

Ele me encarou e eu gelei. Incrível como alguém tão intragável podia ficar ainda mais bonito quando sorria.

— Sério? — disse eu, em tom de deboche.

— Ah, você com certeza é a Tocha Humana. Adora me queimar — rebateu João, piscando o olho para mim.

— E você seria quem? — perguntou Rafael, rindo.

— O Senhor Fantástico, claro. Porque sou perfeito.

Não aguentei e, desta vez, rolei os olhos. Como podia ser tão metido?

— Até parece, você está mais para Coisa.

Nesta hora, Rafael e Cristiane deram uma gargalhada alta, chamando atenção de todos que estavam na loja.

— Ei, Coisa não — respondeu João, um pouco contrariado, cruzando os braços.

— Já era, cara — disse Rafael, dando um tapinha nas costas de João.

Entramos na sala e nos sentamos. Claro que João ficou ao meu lado. Eu me concentrei no balde de pipoca que estava em meu colo e me policiei para não me apoiar no braço da cadeira. Não queria nenhum contato com ele. Desconfiei que João ainda estava chateado pela minha piada porque ficou calado, o que achei bom. Estava ali pra ver o filme, não para ouvir um metididinho falando de si mesmo.

Logo a sala ficou escura e os trailers apareceram na tela. Mal o filme começou e Rafael e Cristiane já estavam aos beijos. Ótimo, agora vamos ficar dois casaizinhos, pensei.

Olhei de soslaio para João, que estava concentrado na tela, e relaxei um pouco. Depois de um tempo, mal me lembrava que ele estava ao meu lado até sentir seu braço atrás do meu pescoço, a mão apoiada no meu ombro e a cabeça se aproximando para encostar na minha. Foi tudo tão rápido, ele me abraçou em poucos segundos e não percebi. Minha reação foi automática, encolhi os ombros ao toque dele e à possibilidade de seu rosto ficar próximo ao meu. Ele notou e retirou o braço e se jogou do lado oposto da cadeira, colocando o cotovelo na divisão da poltrona e a cabeça apoiada na mão. Tudo aconteceu em questão de segundos.

João ficou na mesma posição até o final do filme. De vez em quando eu o espiava com o canto do olho, mas ele permaneceu firme, o que fez com que me sentisse um pouco mal. Não queria que pensasse que eu o achava repugnante, uma sensação que deve ser horrível, mas não consegui evitar.

Após sairmos do Espaço Geek, fomos para a praça de alimentação do Shopping Tijuca comer hambúrguer e batata frita. João ficou o tempo todo quieto, o que fez com que eu me sentisse ainda pior. Por mais chato e metido que fosse, não merecia aquilo. Ou merecia, mas eu, como uma boba que era, pensei que não.

Depois de devorar o lanche, Rafael e Cris ficaram aos beijos, criando aquele ambiente constrangedor do "casal apaixonado" versus "casal desconfortável".

João olhava firme para a frente e senti a necessidade de quebrar o gelo. Eu podia ser durona, mas também era um ser humano.

— Adoro o filme *Quarteto Fantástico*, e você? — comentei.

Ele levou alguns instantes para registrar minha pergunta e me encarou. Acho que se espantou por eu estar dirigindo a palavra a ele.

— A Coisa se saiu bem — respondeu, de forma ríspida.

Pensei em dar um fora nele, mas já havia feito muito para aquele dia.

— Quero pedir desculpas, não fiz por mal — disse baixinho, mas Rafael e Cristiane nem se importavam com a gente, continuavam aos beijos e abraços.

João deu uma risada sarcástica e abriu alguns guardanapos, onde despejou três saquinhos de ketchup. Pegou uma batata frita e ficou passando ali, sem comer.

— Eu sinto que você não gosta de mim, mas, nossa... O momento em que encolheu os ombros ao meu toque me fez experimentar algo que nunca senti antes.

— Eu sei, me desculpa. Não tive a intenção.

Ele largou a batata enfiada no monte de ketchup e se virou para mim.

— Aí é que está, Mônica. Foi um reflexo, algo natural. Você não pensou, apenas reagiu ao meu contato.

Ele tinha razão. Provavelmente, se eu tivesse tido a chance de pensar, teria tirado a mão dele de cima de mim ou lhe dando um empurrão, não apenas encolhido os ombros.

— Eu não gosto de intimidade com caras comprometidos — respondi.

João começou a rir e comeu a batata encharcada de ketchup.

— Não estou mais com a Bianca.

Levantei a sobrancelha, um pouco espantada. Eles namoravam há um tempão e pareciam perfeitos um para o outro: a nojentinha e o metidididinho.

— Bem...

— Relaxa, não terminei o namoro porque quero algo com você. Apenas porque não tinha mais nada a ver com a Bianca — respondeu João.

— Quando acho que você está melhorando e que podemos conversar numa boa, tem de voltar a falar coisas ridículas? — disse, alfinetando.

Quem sugeriu que eu pensei que ele terminou o namoro por minha causa? Pode ter passado rapidamente pela minha cabeça, mas ele não precisava expor.

— Foi mal, desculpa. — Ele pegou duas batatas e enfiou na boca. — Acho que podemos parar de pedir desculpas por hoje e tentar novamente. O que acha?

— Não entendi.

— O que você achou do filme? Eu adorei, a Coisa estava fantástica — respondeu ele, piscando e sorrindo pra mim. Dei uma gargalhada, foi involuntário, mas a cena foi engraçada.

— Eu adoro filmes de super-heróis, tudo relacionado a quadrinhos.

Ele me olhou um pouco espantado, mas senti que gostou do que falei.

— Você é uma garota diferente das que conheço.

— Talvez porque você ache que as meninas só pensam em futilidades— disse e na mesma hora me arrependi.

Depois do episódio do ombro, estávamos bem, e não queria voltar ao clima ruim, de briga. Não entendi o motivo, só sentia que valia a pena tentar conhecer melhor o João. Ali, no shopping, ele era uma pessoa diferente da do colégio.

— Uau, sua língua é afiada, hein? — Ele riu e relaxei porque pareceu levar numa boa. — Ou é só comigo?

— Desculpa — disse, com sinceridade.

Não sabia o que acontecia comigo quando estava ao lado dele, não era eu mesma. Parecia ser outra pessoa, mas a verdade é que ele mexia comigo de alguma forma, e ainda não havia decidido se o modo como ele me afetava era algo bom ou ruim.

— Não tem problema. Então você ama *Star Wars*? — perguntou ele, mudando de assunto.

— Sim. Minha tia fez o Fernando e eu ficarmos viciados. Ela ama a saga e desde que éramos pequenos que ela assiste com a gente.

Comecei a me recordar de quando tia Lúcia veio para o Rio depois da morte de mamãe. Ela era louquinha e só falava de coisas que eu não entendia e depois descobri que faziam parte do universo *geek*.

— Acho que vou gostar da sua tia.

Durante um bom tempo ficamos conversando e, aos poucos, ele foi se soltando e deixando de ser aquele metidinho que era no colégio. Falamos de filmes, música, séries de TV e um pouco de livros, algo que lhe dei várias indicações porque ele ainda não conhecia muito. Falamos de *Star Wars* e de super-heróis.

Por incrível que pareça, consegui me divertir ao lado do João e a tarde não foi totalmente um desperdício. Tive a chance de ver que ele não era tão chato e nojento quanto eu imaginava.

Acordei com o corpo todo dolorido de cansaço. Bem feito para mim, quem mandou mal chegar de viagem e já dar uma entrevista e depois ir para a noite carioca?

Após me levantar e me olhar no espelho, constato que estou um lixo. Lavo o rosto com água gelada, tentando melhorar a cara, mas não adianta muito. O que preciso com urgência é de um banho quente e relaxante. Deixo a banheira enchendo e vou checar o celular, que registra várias ligações e mensagens de Louise. Ainda bem que temos o acordo de ela nunca ligar para o quarto onde me hospedo, ou então teria me levantado muito mais cedo. Envio uma mensagem para *Minha Mágica*, pedindo que me encontre no restaurante do hotel dentro de uma hora. Assim, aproveito para almoçar enquanto conversamos, já que perdi o horário do café da manhã.

Entrar na banheira e mergulhar na água quente e confortante

é um alívio. Fico ali, vegetando durante bons minutos e me lembrando da noite anterior. Como meu coração pode doer de tanta saudade de alguém que fiquei quatro anos sem ver? Consigo sentir meu corpo chamando por ela, minhas mãos querendo tocar sua pele e meus braços desejando envolvê-la. Eu a amo muito e cada poro meu pede por Mônica quando penso em sua imagem.

Mas no meio do caminho da minha felicidade há o Pedro. Torço para que terminem, claro, mesmo que signifique que ele ficará na pior, mas não vou desistir da mulher da minha vida por causa de um cara gente boa. Voltei disposto a reconquistar Mônica, mostrar a ela que mudei, que não a esqueci e tentar fazer com que me escute desta vez.

Encontro Louise no restaurante, sentada em uma mesa ao lado da janela, com vários papéis espalhados.

— Você parece péssimo.

— Obrigado, eu me sinto assim — digo, me sentando em frente a ela. Um garçom se aproxima e peço uma água. — O que está fazendo?

— Organizando as entrevistas.

— Pensei que daria entrevista só para Mônica.

— Exclusiva sim, mas há algumas coletivas agendadas.

Balanço a cabeça. Louise é perfeccionista, verifica e analisa tudo mais de uma vez para ter a certeza de que nada sairá do seu controle.

— Há uma coletiva agora à tarde e outra em São Paulo na segunda e uma visita a um museu na terça de manhã. Consegui adiantar o voo de volta para terça no começo da tarde, quero você inteiro para a abertura da exposição na quinta. — Ela me dá um olhar severo. — Nada de noitada na quarta, por favor.

Eu balanço a cabeça, concordando, mas não posso garantir o que ela deseja. Tudo depende de Mônica, do nosso encontro hoje à noite e de como será amanhã. Rafael me chamou para a festa que está organizando com os sócios.

— Vou encontrar meus amigos hoje à noite na Lapa.

— Pensei que não tinha mais amigos aqui — diz Louise, de modo sarcástico. — Não faça nenhuma besteira, não quero uma mídia negativa, você mal chegou ao país.

Faço um barulho com a boca, como se estivesse bufando de raiva, mas é tudo encenação, gosto de ser mimado e paparicado por Louise. Ela está com vinte e seis anos, mais velha que eu apenas cinco, e é legal ser tratado como um irmão mais novo, tendo alguém que toma conta de mim.

— Não vou voltar tarde — minto, para deixá-la feliz. — Por que não vem comigo?

Louise me olha e faz uma careta. Ela é nova, mas prefere ficar numa sexta à noite enfurnada em um hotel a aproveitar o Rio de Janeiro.

— Como foi ontem? — desconversa, e sei que é porque teme que eu insista que venha comigo para a Lapa.

Demoro a responder.

— Ela está namorando. Não sei o que pensar porque não parece algo estável, pelo que descobri é daqueles namoros em que eles terminam e voltam o tempo todo.

— Tenho certeza de que já está planejando algo para tomá-la dele.

— O pior é que o cara é simpático, daqueles com papo agradável e fácil de ser amigo.

— Isso atrapalha?

Penso um pouco na pergunta dela. É o que vem martelando minha cabeça desde a noite anterior.

— Não. — Dou de ombros. — Eu gostei dele, o que é uma droga, mas, dane-se. Não voltei para desistir de tentar reconquistá-la porque está namorando alguém legal. Eu a amo e vou mostrar isso a ela.

1 ano e 7 meses atrás

A *New York Academy of Art* fica localizada em um dos bairros de que mais gosto de andar em Nova Iorque: Tribeca. O ar de cultura que o bairro carrega, junto com o Soho e Chelsea, sempre fez com que eu me sentisse em casa. Estava começando meu segundo ano de curso e parecia que morei ali a vida inteira.

Todos os dias da semana chegava à universidade às oito e meia, horário de abertura do portão. Quando não tinha aula para assistir, ficava no meu estúdio particular, pintando ou apenas olhando meus outros trabalhos. Gostava da solidão do local e do burburinho que escutava pelos corredores. O prédio possui cerca de cem estúdios, sendo que no primeiro ano há um comunitário e no segundo cada aluno tem o seu particular. Apesar de tudo, gostei de dividir espaço com outros estudantes, ver o processo de criação deles e opinar sobre seus trabalhos. Isso foi algo que me surpreendeu porque no início das aulas pensei que odiaria ter de dividir um estúdio com pessoas que nunca vi antes.

Mas não podia negar que estar no final do curso e ter meu espaço era muito mais prazeroso, mal via a hora de conseguir comprar o meu próprio ateliê. Mesmo que demorasse, um dia teria um galpão só meu, para pintar e exibir meus quadros.

Naquela manhã, estava perdido em pensamentos quando escutei uma batida na porta e vi um par de olhos na fresta entreaberta.

— Sr. Matios? — perguntou uma voz com um sotaque que pronunciou errado meu sobrenome.

— Matos — corrigi, e a mulher entrou no estúdio.

Ela era ruiva, com o cabelo liso na altura dos ombros e óculos de aro preto grosso. Com fortes sardas no nariz, não devia ter mais de trinta anos. Depois descobriria que era apenas cinco anos mais velha do que eu.

— Meu nome é Louise Dolbeer. Estive vendo alguns trabalhos seus aqui na *Academy* — disse ela, com uma entonação forte na sílaba final "my".

Encarei-a como quem perguntava: "e daí?", mas Louise não disse nada, apenas deu um passo à frente e ficou analisando um quadro que estava em um canto. Apesar de destoar do ambiente do meu ateliê, um cubículo entulhado de latas de tinta, pincéis, quadros em branco, terminados e em andamento, ela parecia à vontade, como se tivesse crescido em um lugar parecido.

— Você quer comprar algum? — perguntei, me sentindo esperançoso de vender alguma coisa e faturar uma grana. Qualquer dinheiro que entrasse seria bem-vindo, embora não fizesse ideia do valor pelo qual poderia vender um quadro meu.

— Oh, não. Bem, quem sabe? Mas estou aqui por um outro motivo. — O sotaque de Louise era muito forte e desconfiei que era inglesa e não norte-americana, apesar de perceber que ela forçava um pouco para não ter tanta entonação nas sílabas quanto os britânicos. — É que... Não me ache maluca, mas cheguei aos Estados Unidos há pouco mais de um mês e estou trabalhando com minha prima. Ela tem uma galeria de arte no Soho e está em busca de novos artistas. E meu trabalho é procurar esses artistas nas universidades especializadas, mas também quero começar a agenciá-los para exposições em outros lugares.

Louise desandou a falar e eu não estava muito interessado na segunda parte de seu trabalho. O que me deixou empolgado e deu aquele estalo dentro do peito foi a parte da galeria da prima. Eu havia entendido direito? Ela queria expor meus quadros? Interrompi o falatório de Louise.

— Você quer fazer uma exposição comigo?

— Sim. — Ela sorriu, realçando ainda mais as sardas. — Desculpa, falo pouco, a não ser quando o assunto é pintura. É que estou empolgada, sempre gostei de artes, estudei isto em Londres e agora tenho a chance de viver neste meio. Minha prima me deu carta branca para encontrar novos talentos e preciso confessar: amei o seu trabalho. Se der certo e você se interessar, quero agenciar sua carreira, fazer toda a parte da assessoria, divulgação. Acredito que tem boas chances de se tornar o novo rosto do cenário cultural de Nova Iorque.

Ela parou de falar, para tomar fôlego, e se aproximou mais de mim.

— Eu nem sei o que dizer — comentei, emocionado.

Meu grande sonho de ter uma exposição só minha em uma galeria de arte de Nova Iorque começou a tomar forma. Finalmente, o que sempre desejei estava acontecendo.

— Seu trabalho me impressionou muito. Gosto do toque moderno que dá aos seus quadros. Sua pintura é algo único, mas ao mesmo tempo me lembra muito a de Miró, pelo fato de algumas obras serem recheadas de espontaneidade, enquanto em outras se nota com clareza que você usou a técnica com muito cuidado. Esse contraste nas pinturas dá uma assinatura pessoal e torna-o muito profissional. É o que venho buscando desde que vim para os Estados Unidos.

Naquele momento eu não sabia, mas Louise viria a ser minha melhor amiga em pouco tempo. E também não imaginava que, em poucos meses, meu nome estamparia as capas de revistas e jornais de Nova Iorque, e do mundo, sendo apontado como o novo fenômeno artístico.

Eu tinha vinte anos de idade e mal desconfiava que minha vida estava prestes a mudar radicalmente.

A Lapa, bairro boêmio no Centro do Rio, é um lugar que dá de tudo, literalmente. Você se depara com jovens querendo se divertir, adultos desejando a mesma coisa, mas de um modo diferente, pessoas com roupas, cabelos e rostos esquisitos e normais também. Eu amo esse lugar.

Encontro Rafael e Cristiane em uma mesa de um dos bares das esquinas da Rua do Lavradio com a Avenida Mem de Sá. É, basicamente, o lugar mais cheio da Lapa, além da parte dos Arcos.

— Por favor, digam que a Mônica virá — comento ao cumprimentar os dois.

— Claro que vem, ela não sabe que você está aqui — responde Cristiane, com cara de quem não está feliz com a minha presença.

— Como é bom te ver também — digo a ela e me sento em frente a Rafael.

— Eu não quero problemas com minha amiga, viu? Só porque agora é o famosinho JC Matos, o artista de Nova Iorque, não quer dizer que pode tudo.

— Cris, até você há de concordar que nós precisamos conversar. Olha, até rimou — respondo, tentando melhorar o clima na mesa.

— Ela deve estar quase chegando — diz Rafael, que encara sua namorada. — Não foi muito fácil convencer Cris a aceitar sua vinda aqui hoje.

Fico um tempo olhando o antigo casal que acompanhou durante dois anos meu namoro com Mônica. Éramos inseparáveis e agora parecem dois estranhos para mim.

Peço um chope ao garçom, afinal, não estou dirigindo e faz calor. Como esta cidade pode ser tão quente no outono? Havia me esquecido disso depois de três anos sabendo o que é frio de verdade em Nova Iorque.

— Você mudou muito — digo, olhando Cristiane. — Antes era uma menina quieta, parecia um ratinho assustado.

— Isso deveria ser um elogio? — diz ela, de modo sarcástico, e quase dou uma gargalhada. Adoro a nova versão da Cristiane.

— Bem, você era calada, só sabia suspirar pelo Rafa e agora fica aí, mandando indiretas para mim.

— Não é indireta, estou tentando ser o mais direta possível, caso não tenha percebido.

— Uau! Como uma pessoa pode mudar tanto? — pergunto, olhando Rafael, que está claramente se divertindo com a troca de alfinetadas entre sua namorada e eu.

— Sabe algo chamado amadurecimento? Foi isso o que aconteceu. Eu cresci, fui para a faculdade, fiquei independente, amadureci e me tornei outra pessoa. Quem sabe um dia não acontece a mesma coisa com você?

— Ai, essa doeu — respondo e bato de leve meu copo no dela, como se brindássemos. — Eu mudei também, não sou mais o babaca que era. Ainda amo Mônica, muito, e me arrependi do que fiz. Só preciso de uma chance para mostrar isso a ela, algo que não consegui três anos atrás.

Cristiane abre a boca para falar alguma coisa, provavelmente outra piadinha sem graça a meu respeito, mas para e indica a entrada do bar. Como estou de costas, me viro e vejo Mônica entrando. Percebo que ela se espanta um pouco ao me ver, mas logo recupera a compostura; minha presença foi um choque, que continue assim. Tenho muita coisa em mente para esta noite.

— Não me mate, a culpa é do Rafael — diz Cristiane, assim que Mônica chega à mesa, antes que eu pudesse falar qualquer coisa.

— Ok, o gelo foi quebrado — digo, tentando levar tudo na brincadeira, o que funciona porque Mônica ri e me dá um abraço apertado. Eu me sinto com dezessete anos de novo.

— Não tem problema. Vai ser legal, como nos velhos tempos — comenta Mônica.

— Vai beber chope ou refri, Mônica? — pergunta Rafael.

— Nenhum dos dois, quero um suco de laranja. Estou dirigindo, então sem chope hoje.

— Que bom, assim você me deixa no hotel em Copa. Vim de táxi — respondo e Mônica me olha com a sobrancelha arqueada. Apesar de ter alugado um carro assim que cheguei ao Rio, já saí de Copacabana prevendo pegar uma carona com minha antiga namorada para poder conversar melhor, só nós dois. Havia planejado o mesmo para o dia anterior, mas não contava que Mônica aparecesse acompanhada no aniversário da amiga.

— Veja só, o bom e velho João folgado está de volta — diz Cristiane. — Você se esqueceu que, para Mônica voltar para casa, no Grajaú, ela não passa por Copacabana?

— Ah, um pequeno desvio não faz mal — respondo e coloco meu braço envolvendo o encosto da cadeira de Mônica. Ela observa meu gesto com o canto do olho, mas não diz nada.

— Pequeno desvio? — pergunta Rafael, balançando a cabeça e entrando na provocação de sua namorada. — Ela vai sair do Centro, ir até a Zona Sul e depois voltar para a Zona Norte!

— Vocês mesmos concordaram comigo, quando cheguei aqui, que Mônica e eu precisamos conversar a sós.

— Eu não concordei com nada — protesta Cristiane.

— Vai negar?

Ela levanta as mãos, como se desistisse, e Mônica finalmente fala alguma coisa:

— Não tem problema, eu te levo. Precisamos mesmo conversar.

Dou um sorriso vitorioso e saboreio meu chope, que parece até mais gostoso. Olho todos na mesa, antes de comentar:

— Vocês não sentiram falta desse entrosamento maravilhoso? O *Quarteto Fantástico* está de volta.

capítuLo 7

"Treine a si mesmo a deixar partir tudo que teme perder."

– Yoda para Anakin Skywalker em Star Wars Episódio III: A Vingança dos Sith

5 anos atrás

A biblioteca da escola se tornou meu refúgio no momento em que Cristiane começou a namorar Rafael. Minha amiga passou a ficar o intervalo inteiro com ele, mas nunca reclamei nem achei ruim, ela estava mais do que certa em aproveitar a felicidade. Fazia um bom tempo que Cris era apaixonada por Rafael e, até que enfim, ele a notara. Eu até podia ficar com eles, mas aí teria de aguentar o João o tempo todo, então procurei a proteção dos livros.

Eu ia para lá todos os dias no intervalo e levava Fernando junto. Desde que participou da maratona de *Star Wars*, na casa do Rafael, que os caras do segundo ano deram uma trégua e não implicavam mais com ele. Pelo menos algo bom o João trouxe para minha vida, ninguém mais se metia a besta com meu irmão, o novo amigo do cara que todos na escola queriam conhecer.

Estava lendo um dos livros do Percy Jackson e vigiando Fernando em uma mesa com um amiguinho, quando João entrou na biblioteca. Fiquei impaciente, que saco, esse menino não me deixava mais em paz? Tudo bem que havíamos conversado numa boa no dia do filme no Espaço Geek, mas na escola ele era outra pessoa, às vezes um pouco insuportável.

Levantei o livro, tentando tampar meu rosto, mas não percebi movimentação na minha mesa. Depois de algum tempo, abaixei o livro e o vi na mesa com Fernando. Provavelmente estava fazendo doce, dando uma de difícil. Sabia que ele viria me perturbar em pouco tempo.

Tentei me concentrar na história do livro, mas não consegui. Toda hora levantava os olhos, discretamente, para ver o que acontecia na outra mesa. João conversava animadamente com Fernando e o outro menino. Os dois deslumbrados porque o cara mais popular do colégio se dignava a dirigir a palavra a eles. Os meninos mais novos sabiam que o status de ser amigo de João Carlos fazia com que as meninas das outras séries reparassem neles.

Passaram-se alguns minutos e ele não veio até a minha mesa. Comecei a ficar incomodada, sem entender o motivo. Tossi, me virei na cadeira, fiz barulho com as folhas do livro e nada. Depois do dia do cinema, pensei que ele se tornaria alguém mais legal e deixaria de ser tão metido e cheio de si. Qual o motivo de me esnobar assim? Em um dia não calava a boca e falava um monte de asneiras e no outro me ignorava? E por que eu estava tão aborrecida por ele não falar comigo? Eu devia era dar graças a Deus.

Depois de outros longos minutos, João se levantou e senti meu coração disparar. Fiquei um pouco nervosa e voltei a encarar o livro, fingindo não perceber que ia vir até a minha mesa. Permaneci assim por alguns segundos até me dar conta de que ele não se sentou na minha frente. Olhei em volta e não o vi mais. Não consegui acreditar que ele foi até a biblioteca, falou com Fernando e me ignorou. Que raiva daquele babaca.

Quase 3 anos atrás

Sempre achei aeroporto um lugar feliz, com pessoas viajando de férias, na intenção de se divertir ou reencontrar amigos ou parentes distantes. Gostava de olhar o vai e vem de gente puxando malas e esperanças. Mas quando você vai se despedir do namorado é impossível sentir alegria dentro do peito.

João estava ao lado dos pais e tia Lúcia, que me acompanhou até lá, e eu olhava a multidão empolgada pelas viagens iminentes, mas não conseguia enxergar nada, só pensava no motivo que me levara até o aeroporto. Meu namorado estava pronto para embarcar para os Estados Unidos e não havia algo que eu pudesse fazer. Não sabia quando ia vê-lo novamente, nem como ficaria nosso namoro. O plano era eu ir no final do ano, mas estávamos em julho e ia demorar uma eternidade.

Senti uma lágrima escorrer pela bochecha, mas não me dei o trabalho de secá-la; em breve uma nova apareceria.

— Ei, não fica assim — disse João, me abraçando.

— Não consigo evitar.

— Eu sei. — Ele me soltou e me encarou. — Escute, na primeira folga que eu tiver na universidade, venho correndo para o Brasil.

Esboçou um sorriso, tendo a noção de que não seria tão fácil ficarmos para lá e para cá dentro de um avião só para nos vermos. Ambos sabíamos disso, mas dizer em voz alta fazia a dor da separação ficar mais aguda. Parecia que, se não tocássemos no assunto, ia dar tudo certo.

— Vou sentir saudades — sussurrei em seu ouvido.

— Eu também.

Ele me abraçou novamente, o que me deu um pouco de conforto. Adorava ser abraçada por João; era como se seus braços me envolvessem totalmente e dissessem que tudo ficaria bem, eu estaria protegida para sempre.

— Não acredito até agora que você está indo — disse, ouvindo seu coração bater e sentindo seu peito subir e descer por causa da respiração.

— Eu também não, mas isso não pode te abater. Nada pode nos separar.

— Será?

— Claro que não! Eu te amo e você me ama e ficaremos juntos eternamente.

João me soltou e abriu a mochila. De lá, tirou uma pequena caixa de veludo.

— Eu mandei fazer especialmente para você. É meu presente de despedida e a promessa de que ficaremos juntos.

— O que é? — Meu coração disparou conforme ia abrindo a caixinha. Ali dentro havia um delicado colar prateado e o pingente formava uma sequência de letras. Franzi a testa, sem saber o significado das siglas. — MLSEJ?

João pegou o colar das minhas mãos e o colocou no meu pescoço. Passei os dedos pela sigla do pingente e a realidade da sua textura foi a confirmação de que o momento de deixá-lo ir estava próximo.

— Mesmo Longe, Sempre Estaremos Juntos.

— É lindo.

— É uma promessa que te faço. Eu te amo.

— Também te amo — disse, sentindo mais lágrimas rolarem pela minha bochecha.

João era o namorado perfeito, o cara mais incrível que podia ter aparecido na minha vida. Envolvi seu pescoço com meus braços e nos beijamos, tentando prolongar ao máximo a separação.

— Temos de ir, João — disse a mãe dele.

Ele me olhou e senti o pânico tomar conta do meu corpo. Segurei sua mão, em uma tentativa frustrada de impedir que ele fosse embora. Isso não podia estar acontecendo.

— Preciso que me prometa nunca tirar o colar.

— Não vou tirar, eu prometo, irei usá-lo sempre.

— Não me esquece — pediu ele.

— Jamais.

Abracei Mônica e ficamos quietos, pensando no que o futuro reservaria para nós, até que me lembrei do embrulho que estava dentro da minha mochila.

— Eu mandei fazer especialmente para você. É meu presente de despedida e a promessa de que ficaremos juntos.

— O que é? — perguntou Mônica, abrindo a caixa que lhe entreguei. — MLSEJ?

Peguei o colar de suas mãos e afastei seus cabelos, colocando meu presente em seu pescoço. Ela passou os dedos pela sigla do pingente. MLSEJ.

— Mesmo Longe, Sempre Estaremos Juntos.

— É lindo.

— É uma promessa que te faço. Eu te amo.

— Também te amo — disse ela, enquanto lágrimas desciam por suas bochechas, o que fez meu coração se partir.

Mônica sorriu e se jogou nos meus braços, me dando um dos melhores beijos que já recebi na vida.

— Temos de ir, João. — A voz de minha mãe me trouxe de volta à realidade.

Olhei Mônica, me sentindo impotente. Eu queria muito ficar junto dela todos os dias, mas não podia deixar meu sonho de lado, era uma chance única. Nada iria nos afetar, eu a amava mais do que tudo e tinha a certeza de que nosso amor era forte o suficiente para superar um longo período separados. Sabíamos que seria difícil, mas faríamos dar certo.

Precisávamos fazer.

Mônica segurou minha mão e o último contato de calor de sua pele tornou a despedida um pouco menos dolorosa.

— Preciso que me prometa nunca tirar o colar — disse, sentindo uma angústia me envolver. Era como se o fato de ela usar o colar fizesse nosso amor durar e sobreviver à separação.

— Não vou tirar, eu prometo, irei usá-lo sempre.

— Não me esquece — implorei.

— Jamais.

A noite na Lapa é agradável. Embora não soubesse da presença de João, não me surpreendi ao encontrá-lo no bar. Ele havia deixado claro no dia anterior que queria falar comigo a sós.

É legal reunir o *Quarteto Fantástico*, como ele gostava de nos chamar. Relembramos velhas histórias e rimos de acontecimentos do nosso passado. Em alguns momentos, parece que não havíamos ficado três anos separados. Rafael e Cris contam a João sobre o que aconteceu em suas vidas neste tempo, com Cristiane alfinetando meu ex várias vezes. Ela me lembra muito a antiga Mônica, aquela que o odiava e sempre arrumava um modo de dar um fora nele.

Eu não falo muito. Como sempre, estar ao lado de João me deixa desconcertada e prefiro mais ouvir ou comentar algumas histórias do que me abrir totalmente. Para ser sincera, ele me conhece muito bem, sabe tudo da minha vida, então prefiro andar com cuidado neste terreno que já conheço. João conseguia me desestabilizar quando adolescente, agora preciso descobrir se a Mônica adulta pode sobreviver à presença dele.

Às onze da noite já me sinto cansada, depois de uma longa semana de universidade e estágio na emissora, e vamos embora. João articulou bem sua ida, para me obrigar a lhe dar carona. Eu podia mandá-lo voltar de táxi, a Mônica de quatorze anos provavelmente mandaria, mas também quero conversar com ele. Sabemos que precisamos de um tempo sozinhos, eu sei muito bem que preciso disso. Há quase três anos, quando nos separamos, eu não o escutei, mas agora que o tempo passou, sinto que algo ficou em suspenso. Tenho de descobrir como agirei ao lado dele depois que sofri, cresci e tenho outro cara em minha vida, mesmo que o namoro com Pedro não seja muito sólido.

Vamos até Copacabana comigo contando sobre a TV BR, como é trabalhar lá, e sobre a vida na Universidade da Guanabara, lugar em que amo estudar, mas que João detestava. Ele me escuta e sei que está prestando atenção a cada palavra que digo, uma qualidade que sempre admirei nele: o fato de realmente se importar comigo, de querer saber sobre a minha vida, sentimentos e pensamentos.

Estaciono em frente ao seu hotel na Avenida Atlântica, mas permanecemos dentro do carro.

— Vamos dar uma volta na orla, como antigamente? — propõe João.

Hesito por alguns segundos. Estou exausta, quero muito ir para casa, mas amanhã Pedro está de volta de sua rápida viagem e não sei se teremos mais uma chance de ficarmos sem ninguém por perto. Decido sair do carro, estou curiosa para saber como a noite vai terminar, o que ele vai falar, o que sentirei ao seu lado e, o principal, como ele agirá comigo.

∽ O final da nossa história ∽

Atravessamos a rua e vamos até o calçadão de Copacabana em silêncio. Eu me lembro da época do nosso namoro, quando pegávamos um ônibus no Grajaú e vínhamos para a Zona Sul apenas para passear pela orla da praia. Andávamos de mãos dadas, observando as pessoas, até ficarmos cansados e sentarmos em um quiosque para tomar água de coco.

— Quer andar ou apenas sentar? — pergunta João quando chegamos ao calçadão e eu acordo das lembranças da juventude.

— Vamos só sentar. Estou um pouco cansada — respondo.

Ele indica um banco de concreto próximo a um quiosque, mas não perto o suficiente para que outras pessoas escutem o que estamos falando.

Percebo que a intenção dele é uma conversa mais particular, o que já imaginava. Ensaiei durante anos este reencontro na minha cabeça, planejei diálogos, brigas, reconciliação e mais brigas, mas agora que estamos aqui sinto que foi tudo um desgaste perdido. Não quero brigar, não quero discutir. Nem sei se quero falar do passado.

— Como está tudo na sua casa? Sua tia, seu pai? — pergunta ele, assim que nos sentamos.

— A mesma coisa de sempre. Tia Lúcia continua sendo tia Lúcia, doidinha e ainda assim com os pés no chão. Meu pai... — Paro por um minuto ao pensar na confusão que é a presença do meu pai na minha vida. Ou ausência, já que ele fica a maior parte do tempo longe. — Meu pai continua distante, raramente aparece ou dá notícias.

João me olha um pouco espantado.

— Pensei que ele havia voltado de vez.

— Não — respondo, e entendo por que está confuso. Um dos motivos que culminou na nossa separação foi a volta do meu pai quase três anos atrás, que na época parecia ser definitiva. — Ele apareceu naquele ano, ficou um tempo com a gente. Pensei que tudo voltaria ao normal, mas quando fez dez anos do falecimento de mamãe, meu pai meio que surtou mais uma vez e sumiu, para reaparecer de vez em quando. Como antes. Mas não quero falar sobre isso, não agora.

João assente com a cabeça e fica calado. Ele ameaça levantar o braço, talvez para me envolver e me confortar, mas desiste e a cena até poderia ser engraçada, mas é mais triste e desoladora do que deveria. Éramos próximos e agora parecemos pisar em ovos, dois quase desconhecidos andando em um campo minado.

— Senti saudades — diz ele, em uma tentativa de mudar de assunto.

— Eu também.

Ele sorri, aprovando minha resposta. Olho para a frente, observando a areia e o mar ao fundo na escuridão da noite, mas ele permanece me encarando e logo volto o rosto em sua direção.

— Acho que voltei tarde demais, né? — diz João, na lata. Eu começo a rir, é algo involuntário e ele não parece ofendido. — Tudo bem, ele é gente boa.

— Você fala como se eu tivesse arquitetado o plano perfeito de vingança para o ex ao estar namorando um cara legal.

— Não havia pensado nisso, mas até que é um belo de um plano — responde João, e já estamos relaxados como quando começamos a namorar.

— Não pensei que te veria outra vez — digo, com sinceridade, porque até um mês atrás achei que não voltaria a vê-lo nem a conversar com ele.

— Então o Pedro é uma espécie de estepe?

— Ai, que horror. Você realmente acha que estou com o Pedro por sua causa, para te atingir?

João fica calado e percebo que sim, isto passou pela sua cabeça e ele pensou que apareci com um namorado para afrontá-lo.

— Bem, o Rafa disse que o namoro de vocês não é estável. — João tenta se defender, mas só piora a situação.

— Meu Deus, você não mudou nada! É muita pretensão achar que reatei com o Pedro porque fiquei sabendo da sua volta. O mundo não gira ao seu redor. Eu não planejei isso, aconteceu e tem dado certo. — Estava começando a ficar com raiva da prepotência dele e me lembro de quando o conheci, do quanto detestava o ar de superioridade que tinha por pensar que o Grajaú inteiro corria atrás dele. Tento me acalmar, não quero brigar. — Ele é um cara legal, você viu.

— Sim, e não posso te culpar. Eu te perdi por uma besteira.

— Sim, foi uma besteira — digo e omito a parte em que ele me perdeu, porque não sei se é verdade, minha cabeça está a mil e meu coração acelerado. Sinto como se fosse a mesma adolescente apaixonada pelo primeiro namorado. Se ele percebe, não faz comentário algum.

— Quero te pedir desculpas, mais uma vez. Por causa de uma burrada de uma noite perdi a garota dos meus sonhos, a menina maravilhosa que tinha ao meu lado. Tentei fazer você entender isto na época, quem sabe consigo agora?

As palavras dele me fazem bem, claro. Tenho a certeza de que ele ainda me ama e não me esqueceu, mas ao mesmo tempo relembro o quanto sofri com sua traição.

— Eu não terminei por causa do que você fez, foi o fato de ter feito. Você nunca conseguiu entender isso, talvez eu esperasse que você se envolvesse com outra pessoa lá, ou pelo menos tivesse seus momentos de fraqueza. Estávamos longe um do outro, éramos jovens, difícil lidar com uma situação dessas.

— Então agora você não se importa mais? Já esperava por isso naquela época?

— Não, não me entenda errado. Não foi isso que falei, é claro que me importo. Não sou tão magnânima assim para afirmar que está tudo bem você me trair porque estava longe ou que era algo previsível, nem era tão adulta na época para pensar assim, não sei se já sou. Eu tinha esse medo, era uma menina de dezesseis anos que perdeu o namorado de dezenove para os Estados Unidos — digo um pouco alto e tento me acalmar. — É óbvio que devia esperar que você ficasse com outras meninas lá. Não foi a traição física, mas sim a traição da alma, a impensada. A traição da promessa. O que me magoou muito foi a mentira, foi você não contar, não terminar antes e ainda mentir sobre o que aconteceu.

— Eu não esperava que acontecesse.

— Eu sei, mas você mentiu. — Sinto que estou perdendo o controle da situação, que estou voltando a ser aquela garota apaixonada que ficava desconcertada ao ser observada pelo namorado. Estamos de frente um para o outro e seguro suas mãos. — Não quero falar disso agora, João, não sei se um dia vou querer. Eu segui em frente, você também. Tenho dezenove anos, você vai fazer vinte e dois daqui a alguns meses, não somos mais adolescentes que acreditam que tudo dará certo. Nossas vidas mudaram, então talvez o melhor seja deixar o sofrimento no passado e tentarmos ser amigos no presente.

Não sei se estou falando para João ou para mim mesma, talvez deseje muito acreditar nas palavras que saem da minha boca, não quero admitir o que lá no fundo eu sei: ainda gosto dele, João ainda me desestabiliza e agora Pedro está servindo como um escudo, em uma tentativa de fazer com que eu não corra para meu ex sem pensar em nada.

— Eu ainda te amo, Mônica, nunca te esqueci — sussurra.

Ele aperta minha mão e acho que entendeu o que estou dizendo, mas antes que eu consiga planejar algo mais para falar, João segura firme minha cintura e me puxa para perto. Não tenho tempo para reagir, sei o que vai acontecer, mas ele é tão rápido e não consigo empurrá-lo antes que se aproxime. Quando percebo, já estou em seus braços e nossos lábios estão colados em um beijo tão esperado, aguardado, sonhado e desejado.

~ O final da nossa história ~

Beijar alguém que você já namorou por dois anos é como voltar para casa depois de um longo tempo ausente. Você se sente estranho a princípio, mas logo se acostuma e percebe o quanto sentiu saudades.

Beijar o amor da sua vida após três anos separados é como se sentir completo novamente. A primeira vez que beijei Mônica foi algo tão intenso, diferente, mexeu comigo de uma forma que nenhum outro beijo fez. Enquanto eu a beijava, abri os olhos porque queria vê-la. Foi algo instintivo, que nunca havia feito antes e me surpreendi quando ela abriu também, quase no mesmo momento que eu. Por milésimos de segundos pensei que poderia se zangar, achar que eu não estava tão interessado quanto demonstrava, mas ela apenas sorriu e ficamos alguns instantes nos encarando durante o beijo. Este pequeno gesto, aqueles poucos segundos, tornou o beijo mais *sexy*, inesquecível e íntimo.

E é o que acontece agora. Eu abro meus olhos e a vejo me olhando. Ambos sorrimos e é um retorno ao passado. Não é nosso primeiro beijo, mas sim o primeiro do reencontro, um reencontro que espero não terminar mais. Parece que nunca houve uma separação, uma briga, um término. Parece que não estivemos três anos longe um do outro. E parece que não há um namorado no meio disso tudo. Perdeu, Pedro.

Quando o beijo termina, eu a abraço, enterrando meu rosto em seus cabelos, como sempre fazia. Respiro seu cheiro e meu corpo entra em alerta. Eu a quero mais do que tudo. Este é o momento que venho esperando por três anos, finalmente tenho Mônica de volta aos meus braços, e é incrível.

— Vamos caminhar um pouco? — sugiro, mostrando o calçadão da praia.

— Eu preciso ir embora — diz ela, e fico receoso. Não era a resposta que esperava após o beijo e não consigo decifrar o que ela pensa neste momento.

— Eu te amo — digo, mas ela não responde o mesmo de volta. — Sempre te amei, nunca te esqueci.

— João, por favor... Estou cansada, preciso ir embora. O que aconteceu foi um deslize, você me pegou de surpresa. Agora eu tenho o Pedro na minha vida.

As palavras dela são duras e reais. Só falta dizer que foi um grande erro me beijar, mas não estou disposto a ouvir isso.

Eu me levanto e pego sua mão, não vou pressionar mais, percebo que está na hora de deixá-la ir para casa. Ela não oferece resistência e caminhamos como um casal de namorados, muito próximos um do outro, em uma sensação de familiaridade. Intimidade.

Ela encosta a cabeça no meu ombro e percebo que nem tudo está perdido.

— Pensei muito em você estes anos — digo.

— Eu também.

— Tem tanta coisa que eu queria te dizer... Tanto para perguntar, para saber.

— João, por favor... — repete ela. — Não vamos começar uma discussão, não agora.

Balanço a cabeça concordando, mas ela não vê. Passo meu braço em volta de seus ombros e continuamos caminhando até o carro dela.

— Senti sua falta — digo.

Ela não responde de volta e nem precisa. Sei que sentiu saudades, percebi através do beijo que me deu. Ela retribuiu, se entregou ao momento. Tive a prova do que queria saber, que ainda sente algo por mim, e não vou desistir fácil, só tenho de me controlar para ir com calma. Um passo em falso e eu a mando para longe de mim, um gesto ou uma palavra certa e ela volta a ser minha metade em um piscar de olhos.

Paramos ao lado do carro e fico encarando Mônica durante um tempo; ela não abre a porta para ir embora. Ambos sabemos o que está por vir, outro beijo, mas nenhum dos dois desvia o olhar ou se afasta. Coloco uma das mãos em sua nuca e a trago para perto de mim, sentindo meu coração acelerado, assim como a respiração. Mas ao contrário de antes, agora ela já estava preparada e pressiona uma das mãos no meu peito, me impedindo de continuar.

— Eu preciso ir — diz ela, me afastando.

— Como ficamos?

Mônica pisca algumas vezes, tentando entender minha pergunta e me sinto um idiota.

— Não ficamos, João. Eu tenho namorado — diz ela e entra no carro.

Sim, sou um idiota, um idiota completo.

Imbecil.

capítulo 6

> " Faça. Ou não faça. Tentativa não há. "
>
> – Yoda para Luke Skywalker em Star Wars
> Episódio V: O Império Contra-Ataca

3 anos e 7 meses atrás

Durante meu namoro com Mônica, adorávamos pegar o ônibus ou metrô e ir passear na orla. Podia ser Copacabana, Ipanema ou Leblon, o bairro era o de menos. Gostávamos de andar pelo calçadão de mãos dadas, observando cariocas e turistas curtindo um dia no Rio de Janeiro, ou ir até o mar e andar com a água até os joelhos.

Depois que fiz dezoito anos, nossos passeios aumentaram porque eu conseguia pegar o carro do meu pai e levar minha namorada até a Zona Sul. Fazíamos isso pelo menos uma vez por semana.

— Você está muito quieta hoje — disse, quando nos sentamos em um quiosque para tomar água de coco.

— Não é nada.

— Claro que é.

Ela deitou a cabeça no meu ombro e eu a abracei, unindo nossas mãos e entrelaçando nossos dedos. Estávamos juntos há um ano, mas o contato de seu corpo ainda fazia com que uma eletricidade atravessasse o meu.

Ficamos um longo tempo em silêncio, aproveitando a companhia um do outro e a vista da Praia de Ipanema, sentindo a brisa do mar em nossos rostos até Mônica começar a falar.

— Meu pai apareceu. — Ela ficou quieta novamente. Em um ano de namoro era a primeira vez que mencionava o pai. — Ele chegou há dois dias.

— Por isso você estava estranha ontem.

— Sim. Acho que sim.

Senti ela dar de ombros e a abracei mais forte, como se o fato de trazê-la para mais perto do meu corpo a protegesse de qualquer tristeza e sofrimento que a presença do pai pudessem lhe causar.

— Ele vai ficar quantos dias?

— Não sei.

Mônica não me perguntou como eu sabia que seu pai às vezes aparecia e ficava pouco tempo, para depois sumir novamente e a família passar meses e até anos sem ter notícias. Devia ter imaginado que Fernando me contava algumas coisas da vida dela, desde que eu me tornei seu amigo e protetor no colégio, seu Obi-Wan Kanobi, como gostávamos de falar.

Ela voltou a ficar em silêncio e não a pressionei. Seu pai e o passado eram assuntos sobre os quais não conversávamos e, por mim, estava tudo bem. Eu já sabia da história toda, ela sabia que eu sabia e a vida seguia adiante. Se Mônica não queria comentar sobre a perda da mãe para a leucemia, o surto e sumiço do pai após o falecimento da esposa, eu não iria pressioná-la. Para mim, o que importava era sua tia, que eu adorava, e que abdicou da vida louca e nômade que levava para dar uma educação e uma rotina regrada aos sobrinhos amados.

— Você sabe que estou aqui para o que precisar, certo?

— Sei. Eu só queria que ele fosse embora logo. Quando ele está aqui é um pouco estranho. Ele é um desconhecido para nós. — Mônica levantou a cabeça e me encarou. — Sou uma pessoa ruim por desejar que meu pai fique longe de casa?

— Não, claro que não! — Eu a abracei e beijei o topo de

sua cabeça. — Você é humana, é normal querer que sua vida siga sem turbulências e imprevistos.

— No início, cheguei a pensar que alguma vez ele ia ficar e não sumir mais, só que isso nunca acontece. Eu queria muito ter uma relação com ele, principalmente por causa do Fernando, que sofre mais com toda essa situação. Queria que ele fizesse parte da nossa vida, estivesse presente nos bons e maus momentos. Que ele fosse nosso pai de verdade, mas ele sempre some, então agora só quero que ele vá embora de vez. E isso é péssimo.

— Sim, é, mas é algo compreensível.

Senti Mônica suspirar enquanto eu acariciava seu longo cabelo. Ela encostou a cabeça em meu peito e, quando passei a mão em sua bochecha, senti uma lágrima ali.

— Eu só queria que ele gostasse da gente.

— Ele gosta, só que do jeito dele — disse, mas não sabia se era verdade.

Nunca conheci o pai dela para saber se gostava ou não dos filhos. Minha aposta era que não ligava para as crianças, nunca ligou, mas não ia falar isso com ela. Mônica tinha quinze anos, não precisava ouvir do namorado que o pai era um canalha, ela sabia disso.

— Pode ser… Tia Lúcia diz que ele gosta, mas ainda está abalado pela perda da mamãe, por isso ele foi embora, porque não conseguiu lidar com a ausência dela, que tudo o que aconteceu foi muito para ele. Só que ele não vê que para nós também foi. Ela diz que um dia ele vai mudar, que o fato de ele aparecer de vez em quando mostra que papai está tendo consciência da vida, ou algo assim. Eu espero que ela esteja certa. — Mônica terminou de beber a água de coco e se levantou de forma abrupta. — Não quero pensar nisso, quero aproveitar nosso dia. Vamos andar?

Eu me juntei a ela e demos as mãos para caminhar pela orla. Foi o modo de ela dizer que o assunto estava encerrado.

Demorou mais um ano para que voltasse a falar do pai comigo.

5 anos atrás

Mais um dia no colégio era menos um dia no colégio. Este é o pensamento de quem está no último ano e acha que a partir do próximo irá conquistar o mundo porque vai para faculdade. Eu era um desses, acreditava que a universidade seria tudo o que desejei e que o mundo era todo meu.

Só que meu último ano na escola não se resumia apenas em contar os dias para o final do curso. Como estava solteiro e Mônica ainda se mostrava difícil de baixar a guarda, comecei a fazer alguns joguinhos com ela, pelo menos tinha algo pra matar meu tempo, além das minhas pinturas. O colégio pode ser bem entediante quando não se tem mais uma namorada linda e fútil pra exibir para os outros.

A ida de Fernando na maratona de *Star Wars* na casa do Rafael foi muito produtiva. O moleque estava tão deslumbrado por fazer parte da nossa vida que soltou tudo sobre a irmã. Descobri que sua cor preferida era azul, que amava livros e era viciada em chocolate, que sua mãe faleceu quando Mônica tinha oito anos e o pai surtou (babaca) por causa disso, sumindo na vida por não conseguir lidar com a situação, deixando os filhos serem criados pela tia louca que havia largado tudo com a intenção de viajar pelo mundo, mas voltou numa boa para cuidar dos sobrinhos abandonados.

Depois de conversar com Fernando, comecei a entender um pouco melhor aquela garota marrenta e segura de si. Mônica tinha de ser forte para ajudar o irmão carente, tímido e imaturo, mas havia um lado dócil escondido, eu só precisava descobrir como chegar nele.

— Quero a sua ajuda — disse para Rafael, que olhava a namorada ao longe conversando com algumas amigas, Mônica entre elas.

Antes, ela ficava enfurnada na biblioteca em todos os intervalos, mas agora ia ao pátio da escola de vez em quando. Às vezes eu falava com ela, só para levar um fora, em outras ocasiões apenas a ignorava. Percebi que meu joguinho estava funcionando, o que me divertia. Ela ainda ia se apaixonar por mim.

— Hã? — perguntou Rafael, distraído.

— A conversa com o Fernando me deu algumas ideias para conquistar a Mônica, mas vou precisar da sua ajuda e da Cristiane.

— Ih, João, não sei...

— Ah, qual é, Rafa, não vai amarelar agora.

— Cara, por que você quer conquistar a menina? Nem apaixonado por ela você é.

Fiquei com raiva do que Rafael disse, mas fingi não me importar. Não interessava se eu a amava ou não, não vinha ao caso, ele ainda não tinha entendido isso?

— Você acha que a Cristiane me ajudaria? — perguntei, ignorando o comentário dele.

Antes que Rafael pudesse responder, Cristiane apareceu na nossa frente, dando um beijo cinematográfico no namorado. Alguns segundos de constrangimento se passaram até que eu pigarreasse e ela soltasse meu amigo.

— Olá — disse ela, em um misto de felicidade e vergonha.

— Cris, você pode me ajudar? — perguntei.

— Em quê?

— A quebrar a barreira que sua amiga construiu.

Ela pareceu não entender minha piada e Rafael explicou que eu estava um pouco a fim de Mônica, o que não neguei, afinal, ela não me ajudaria a conquistar sua amiga apenas por diversão. Eu precisava de um propósito, e nada melhor do que o amor não correspondido para fazer Cristiane se derreter.

— Ai, que lindo, claro que ajudo!

Bingo, seria mais fácil do que eu pensava.

— Pois é, sua amiga me odeia, mas eu gosto dela — disse, jogando um pouco de charme e fazendo cara de quem está com o coração partido.

— Ela não te odeia — disse Cristiane, com os olhos brilhando de empolgação. — Ela é durona porque você é um pouco... hum...

Cristiane não achou palavras para me descrever e Rafael ajudou:

— Metido? Convencido?

— O que é real não é convencimento — disse e encarei Cristiane. — Estou com umas ideias para provar o quanto gosto da Mônica, mas preciso de alguém próximo a ela para dar seguimento ao meu plano.

Contei o que tinha em mente e Cristiane ficou ainda mais animada.

O jogo com Mônica já era meu.

Para variar, no sábado acordo na hora do almoço. Está virando algo normal aqui no Brasil, embora esteja no país há apenas três dias. A verdade é que desacostumei a dormir tarde. Louise brinca que pareço um velho durante a semana, eu retruco que ela parece uma velha todos os dias.

Apesar de toda a fama e festas, no dia a dia vou para a cama cedo em Nova Iorque porque gosto de correr no *Chelsea Waterside Park* quando amanhece e ele ainda está vazio, antes de ir para o meu estúdio. Tive minha rotina de loucura na "cidade que nunca dorme" assim que fiquei famoso, mas aquela vida de virar a madrugada de segunda a segunda não era para mim. Eu ficava um lixo o dia todo e mal produzia. Então me acostumei a deitar antes de meia-noite e a levantar antes do sol, correr e depois produzir. Ao contrário da maioria dos artistas, meu melhor momento para pintar é à tarde. Na calma após o almoço, as ideias surgem na minha cabeça e a tela em branco toma vida. De manhã, há aquela agitação do início do dia; à tarde existe a tranquilidade de que ainda há tempo, a noite não chegou e estamos no momento propício a mudar tudo.

Vou até a janela e fico observando as pessoas na Praia de Copacabana, aproveitando o começo do fim de semana. A agitação na rua é frenética e agradeço por estar na calmaria do quarto, com o ar condicionado ligado.

Penso em Mônica, na nossa conversa, no beijo e no que falou no final. Não chego à conclusão alguma e minha cabeça é um redemoinho ao me lembrar da festa de logo mais. Antes, porém, preciso visitar Rafael e tentar arrancar algo dele.

Checo meu celular e há mensagens de Louise, me chamando para o café da manhã, que perdi mais uma vez, e depois para o almoço. Combino de almoçar com ela, visto uma bermuda e uma camiseta e a encontro em seguida no restaurante.

— A noite foi boa de novo? — pergunta *Minha Mágica* e sinto sarcasmo em sua voz. Mal sabe ela.

— Sim e não.

— Eu vou querer saber o que aconteceu?

— Encontrei meus amigos na Lapa. Depois Mônica veio me deixar aqui, convesamos e nos beijamos.

Louise sorri e percebo que está contente por mim. E fico feliz por ela estar aqui, ao meu lado. Sinto falta da amizade com Rafael, da cumplicidade da infância e adolescência, ele sempre foi como um irmão, e o fato de Louise ter se tornado minha grande amiga nos Estados Unidos, assim como Giovanna, minha ex, ajudou a aplacar a falta que eu sentia de alguém próximo, que me entendia e sabia da minha vida.

— Então a noite foi boa.

— Nem tanto. Antes de ela ir embora, fez questão de me lembrar de que tem namorado e não pode ficar comigo.

— Não pode ou não vai?

Analiso a pergunta de Louise e percebo que ela está certa, há uma grande diferença entre não querer e não poder. E se ela quer, então que se dane se tem namorado. Se ela quer ficar comigo, ah, ela vai ficar comigo, disso não há dúvidas.

— Eu acho que quer, ela ainda gosta de mim, senti isso. Não é possível que Mônica tenha me esquecido, ela era louca por mim e eu por ela. Se eu ainda a amo tanto que até dói, é bem provável que ela ainda me ame também. Só preciso fazer com que perceba isso.

— Você vai arrumar problemas.

— Não, Louise, você não a conhece. Eu já a conquistei uma vez, posso conquistar de novo. Antes eu era um babaca egocêntrico e consegui fazê-la se apaixonar por mim. Agora ela me conhece, sabe o quanto eu mudei com o nosso namoro, o quanto ela foi importante na minha vida e que a amei de verdade, ainda a amo. Nosso amor sempre foi forte. Só tenho de fazer com que ela perceba que nunca será mais feliz com o Pedro do que comigo. Ela tem de ver que ele pode ser o cara mais legal do mundo, mas não é o certo, eu sou o cara com quem ela quer, deve e vai ficar. Ela é a minha metade e somos perfeitos um para o outro, só preciso relembrar a ela o quanto somos especiais juntos. Não consigo imaginar a minha vida sem Mônica.

Louise balança a cabeça, se divertindo. Eu termino de almoçar e vou em direção à saída do restaurante.

— Hoje à noite tem uma festa para irmos, você vai comigo — digo a ela e vou embora antes que Louise me dê uma resposta negativa.

Chego à casa de Rafael após algum tempo. Claro que me perdi nas ruas similares do Grajaú, mas não foi tão difícil encontrar a residência do meu amigo quanto da outra vez em que voltei, para observar Mônica ao longe correndo para os braços de Pedro.

Encontro os pais dele, que estão saindo para assistir a um jogo de vôlei da filha mais nova, que acontecerá daqui a alguns minutos no Grajaú Country Club. Eles me convidam para ir e eu agradeço, recusando o convite.

Rafael está na sala, com o DVD já pronto para iniciar o *Episódio IV: Uma Nova Esperança*. Nos cumprimentamos e ele se joga no sofá de três lugares. Eu me acomodo no de dois lugares, que forma um L com o outro sofá.

— Preparei o Episódio IV, mas posso colocar na ordem cronológica.

— Melhor assim porque não vamos conseguir ver todos.

— Podemos terminar amanhã.

— Amanhã vou para São Paulo, então melhor ver os episódios quatro e cinco. Não sei se dará tempo do seis.

— E aí, animado para assistir à saga?

— Sim, tem anos que não vejo os filmes.

Rafael faz uma repreensão com o rosto e pega o controle remoto. Antes que meu amigo fale alguma coisa, sinto algo molhado encostando na minha perna. Olho para baixo e vejo um cachorro me encarando.

— Não acredito! Yoda?

— Sim — responde Rafael.

Pego o animal no colo e o abraço. Ele se aninha no sofá ao meu lado e descansa a cabeça em meu colo, parecendo me reconhecer depois de tantos anos.

— Caramba, quanto tempo!

— Já está velho, vai fazer doze anos daqui a pouco.

Yoda é um vira-lata pequeno, a razão pela qual eu e Rafael somos amigos. Quando eu tinha dez anos, estava voltando da aula um dia e vi dois garotos se socando na rua. Quase dei meia-volta até perceber o motivo da briga: um dos dois estava maltratando um filhote de cachorro e o outro tentou defender. Podia já ser meio metido na época, mas nunca aturei maus tratos a animais e entrei na briga. O garoto percebeu que contra dois não conseguiria nada e se afastou. Rafael me agradeceu e me convidou a ir até sua casa dar um banho no cachorro, que tinha uma gosma verde cobrindo todo o seu corpo. Por causa disso ganhou o nome de Yoda e foi adotado pelo meu mais novo amigo.

— Nem me lembrava mais de você — digo, olhando o cachorro, que parece não se importar com o meu esquecimento.

— Falando em Yoda, posso colocar o filme?

— Deve.

Rafael ameaça apertar o *play*, mas se inclina, joga o controle no sofá, apoia os cotovelos nos joelhos e cruza as mãos à sua frente, em uma pose que lembra meu pai quando precisava conversar algo sério comigo.

— A Cris disse que a Mônica ligou logo cedo.

Ele não fala mais nada, nem precisa. É claro que a notícia sobre ontem já passou pela Cristiane e chegou ao meu amigo. Essa velocidade de informação me lembra a época do colégio, quando tudo o que acontecia com um de nós chegava logo aos ouvidos do outro.

— Então não preciso te contar nada — brinco e ele esboça um sorriso.

— Você está mexendo com fogo.

— Ah, dá um tempo, Rafa, você me conhece. Acha mesmo que vou voltar depois de três anos e ficar quieto vendo minha namorada sendo feliz nos braços de outro?

— Ela não é mais a sua namorada.

— Isso é um detalhe técnico.

Rafael faz um barulho, como se quisesse me dar uma bronca, mas não diz nada. Ele se encosta no sofá e fica me olhando. Yoda rosna baixinho, como se concordasse com seu dono.

— Ela está bem, cara, por que mexer com isso?

— Está bem de verdade? Você mesmo falou que o namoro não é estável — digo e Rafael dá de ombros. — Eu a amo e sei que ela gosta de mim.

— Sim, gosta. Mas ela está bem.

— Eu não — respondo. Não quero brigar com ele, tenho de fazer com que Rafael entenda que Mônica só será feliz comigo, para ele convencer Cristiane disso. Assim terei uma chance de Mônica também perceber que seu lugar é ao meu lado. — Eu gosto dela, muito, você sabe. Nada mudou, pelo contrário, o amor por ela só aumentou. Eu não a esqueci. Esses anos todos tentei não pensar em Mônica, mas era difícil, ela fez parte de todos os meus momentos, mesmo distante. Eu a amo tanto que chega a doer ao pensar que minha vida pode seguir adiante sem ela.

— Ele é um cara legal, João. Deixe-a ser feliz.

— Você não pode estar falando sério — digo, sem esconder a raiva. — Ele pode ser o cara mais legal do mundo, não nego isso, mas eu gosto dela. Se você me falar que ela me esqueceu completamente, eu saio de cena — retruco e me sinto uma criança brigando pelo brinquedo perdido.

— Você teve sua chance, agora é a vez dele.

— Que besteira! — grito e tento me acalmar. Yoda me encara

e lambe meu braço. — Olha, eu não vim aqui para brigar. Voltei para reconquistá-la e vou fazer isso, com ou sem a sua ajuda, mas gostaria muito de ter o seu apoio. Eu a amo mais do que tudo e você sabe disso, sempre soube. Ela é minha vida e vou tê-la de volta.

— Cara... — Rafael fica quieto e não diz mais nada.

Sinto que o clima entre nós está ruim e fico mal. A tarde devia ser divertida, voltei para reconquistar a garota dos meus sonhos e ter meus amigos de volta, não posso perder o bom momento que tive nas duas noites anteriores, então tento amenizar a situação com uma brincadeira.

— Então você prefere o Pedro como namorado da Mônica. As coisas estão mal mesmo, definitivamente você foi corrompido e fugiu para o lado negro da força.

Rafael começa a rir. Ele ri tanto que põe a mão sobre o estômago e toma fôlego. Yoda levanta a cabeça.

— Um Jedi pode ficar comprometido e tentado pelo lado negro uma vez ou outra.

O filme começa a rodar na TV e percebo que nem tudo está perdido. Ainda tenho chances de ter meus amigos de volta e, o principal: ter Mônica nos meus braços com a ajuda deles.

capítuLo 9

"Eu sinto grande medo em você, Skywalker. Você tem ódio. Você tem raiva. Mas não usa a seu favor."

– Conde Dookan para Anakin Skywalker em
Star Wars Episódio III: A Vingança dos Sith

∽ Graciela Mayrink ⌒

A festa organizada por Rafael e seus sócios em uma boate não é bem como eu esperava. Imaginei algo como a noitada de Manhattan, alguma coisa mais agitada, com todos frenéticos e bebendo demais. Aqui as pessoas estão mais comedidas, se divertindo e curtindo a noite de verdade. Claro que há alguns que passaram da conta na bebida, mas nada muito alarmante. Sinto que Louise percebeu o mesmo e parece finalmente gostar da noite carioca. Enfim descobri seu problema com as festas de Nova Iorque.

Demoro a encontrar Rafael e Cristiane e quando me aproximo deles logo vejo Mônica, linda em um vestido estampado, os cabelos soltos e o colar em seu pescoço. A vontade é de agarrá-la, como fiz na noite anterior, mas seu namorado está ao lado. Que raiva, não sabia que ele ia voltar da viagem a tempo.

Cumprimento todos e apresento Louise. Pedro é simpático e começa a puxar papo com minha agente. Quase a empurro para os braços dele, mas me controlo. Fico olhando Mônica, sei que não estou sendo nem um pouco discreto, mas não me importo. Ela sabe que ainda a amo, quero mais é que todos saibam, inclusive seu namorado gente boa.

— Quando você vai embora? — pergunta Cristiane, me tirando dos meus pensamentos.

— Nesta semana. A exposição é na quinta e volto para casa

na sexta — respondo, um pouco confuso. Ela não diz mais nada e eu faço a inevitável pergunta. — Por quê?

— Porque você ficou anos sumido e agora somos obrigados a te ver todos os dias. Para onde olho, dou de cara com você.

Pisco os olhos, dou um sorriso, olho Rafael, que não presta atenção enquanto mexe no celular, e espero alguns segundos até perceber que Cristiane está dizendo a verdade. Ela não quer me ver todos os dias.

— Bem...

Não sei o que falar, pela primeira vez Cristiane conseguiu me desorientar, sem ter uma resposta pronta para lhe dar. Ela parece gostar de ter me deixado sem jeito.

— Você acha isso certo? Machuca a Mônica, quebra o coração dela em milhões de pedaços, deixa a menina arrasada e agora volta, como se nada tivesse acontecido? Pensa que seu charme e prepotência farão com que ela se derreta?

Quase digo que sim, mas sei que não é o que ela quer ouvir, embora seja o que ela espera ouvir. Começo a ficar com raiva porque Cristiane se posiciona como se fosse dona da Mônica. Ok, elas são amigas, mas quem ela pensa que é para me dar sermão? A vontade é de sacudi-la para ver se perde a pose de dona do mundo, mas ela está só medindo forças comigo.

Encaro Mônica, que parece intrigada com a conversa de seu ex e sua melhor amiga, e meu coração acelera. Isso acontece todas as vezes que a vejo desde que voltei; acontecia todas as vezes que a via antes de ir embora. Ela está fora do alcance das nossas palavras e não nos escuta, por causa do barulho da música.

— Olha, tenho consciência do que fiz, do quanto magoei a Mônica quando a traí. Você pode não acreditar, mas também sofri, ainda sofro. Eu a amo mais do que tudo e voltei para reconquistá-la. Ninguém pode me impedir de tentar, muito menos você — digo, me imponho. Ela não cede.

— Não, não posso te impedir de tentar, mas posso impedir minha amiga de sofrer de novo. Se você magoar a Mônica, eu te pico em vários pedacinhos e te jogo no fundo do mar. — Ela se aproxima de mim e sussurra. — Estou falando sério.

Dou uma gargalhada e a abraço, ficando de costas para Mônica.

— Não espero nada menos que isso de você. Mas não voltei para magoar a Mônica, voltei para fazê-la feliz.

— Ela está feliz.

Não sei se sinto sinceridade na voz de Cristiane. Eu a solto e a encaro.

— Talvez sim, mas ela pode ser ainda mais feliz, e você sabe disso.

Cristiane abre a boca para falar algo, mas Rafael parece perceber o que está acontecendo e puxa sua namorada. Ele me olha como quem pergunta o que perdeu e apenas balanço a cabeça.

Quando volto a olhar Mônica, ela está falando no ouvido de Pedro e em seguida se afasta. É a deixa que eu precisava.

— Entretenha ele — digo para Louise, que ainda está conversando com Pedro, e saio atrás da minha ex. Não sei se *Minha Mágica* entendeu ou o que pensa da situação, não estou interessado. O que importa é alcançar Mônica.

Eu a vejo entrando no banheiro e espero do lado de fora, vigiando se o namorado vai surgir a qualquer momento. Ele não aparece e acredito que Louise tenha entendido o recado. Algumas garotas passam por mim, sorriem e eu retribuo. Tenho noção da força que exerço sobre as mulheres e do quanto elas são atraídas por mim. Sempre foi assim. Não dou espaço para que parem, mostro que estou ali esperando alguém e não demora para Mônica surgir. Eu a seguro pelo braço e ela parece se assustar com a minha presença.

— Precisamos conversar sobre ontem.

— Meu Deus, João, o que você quer? — pergunta ela, olhando

para os lados. Sei que está preocupada se Pedro irá surgir a qualquer momento, mas ela não demonstra intenção de sair de perto de mim, o que me deixa feliz.

    Puxo Mônica para um canto um pouco mais escuro e a sinto tensa sob a pressão da minha mão em seu braço. Encosto seu corpo na parede e fico de frente, bloqueando sua visão, desta forma ninguém a verá ali. Ela coloca as mãos no meu peito, pressionando, mas não me empurra para longe. Meu coração está disparado e meu corpo treme, a música rápida faz meu coração bater por todo o meu corpo. Estou praticamente encostado nela, olhando dentro de seus olhos.

    — Não paro de pensar em você desde que te vi na entrevista. Mal dormi esta noite lembrando do beijo de ontem — digo, alternando meu olhar entre seus olhos e sua boca.

    — João...

    — Eu te amo, você sabe disso. Nunca te esqueci, nem quero te esquecer. Preciso ter você de volta, nós pertencemos um ao outro, você sabe disso. Nós merecemos um ao outro, somos perfeitos juntos.

    Mônica olha para baixo e eu levanto seu rosto usando as duas mãos. Ela vai ter que falar que não me ama mais encarando meus olhos.

    — Estou acompanhada — diz. Não um "eu não te amo mais" ou "me esquece". Apenas um "estou acompanhada".

    — Eu sei — sussurro. — Mas isso não é um problema, é?

    Ela não responde e aproximo meu corpo. Agora estamos colados, ela imprensada contra a parede, sem chance de fuga, embora pareça não demonstrar intenção de fugir. Ela gosta de mim, ela sabe disso, eu sei disso, o mundo sabe disso. Fico me perguntando se Pedro também sabe. Dane-se ele e seus sentimentos.

    — É complicado — diz ela, me olhando e mordendo levemente o lábio. Isso me deixa louco e aproximo meu rosto de modo que minha boca toque levemente a sua. Mônica tira as mãos do meu peito e coloca na minha cintura.

— É só descomplicar — digo.

Aproximo minha boca para beijá-la, mas Mônica vira o rosto e meus lábios acertam sua orelha. Baixo a cabeça, encostando o nariz em seu ombro e suspiro forte. Ela continua com o rosto virado até eu me afastar e só então me encara. A iluminação não está muito boa, mas tenho quase certeza de que há lágrimas em seus olhos. Apesar de me sentir frustrado, não vou forçar a barra.

Eu a abraço e ela retribui. Tenho medo de perguntar como ficamos, já que na noite anterior recebi a resposta que não esperava. Eu a solto.

— Não me peça nada, João, você não pode me cobrar nada. Estou com uma pessoa agora — diz ela e se afasta.

Mas que droga é essa? O que ela está pensando? É alguma espécie de vingança pelo que fiz? Se for, está funcionando perfeitamente.

Espero um tempo e volto para perto dos meus amigos. Rafael me olha assustado, Cristiane parece que vai voar no meu pescoço e Louise está furiosa. Ela se aproxima de mim.

— Vamos embora, estou cansada — diz e se afasta, não deixando tempo de segurá-la.

Eu me despeço de Rafael e Cristiane, que mal fala comigo, deixando claro que está com raiva. Acho que todo mundo percebeu o que planejei e imagina que aconteceu algo a mais do que uma simples tentativa de beijo, e tenho a certeza disso quando vou me despedir de Mônica, que só balança a cabeça para mim, e Pedro, que me dá um tapa nas costas e fala perto do meu ouvido.

— Se você se aproximar da minha namorada de novo, acabo com você.

Saio desnorteado, não imaginei que todos perceberiam, mas me recupero rápido e sou tomado por uma raiva que só cresce. Quem ele pensa que é para me ameaçar? A garota é minha, ele que a roubou de mim. Na volta para o hotel, tento argumentar isso com Louise, que não quer me ouvir.

Segundo ela, passei dos limites até para mim mesmo.

5 anos atrás

Apesar de Mônica voltar a frequentar o pátio de vez em quando após as férias de julho, naquele dia eu não a encontrei ao lado das amigas e logo desconfiei onde estava: na biblioteca. Nas últimas semanas, tentei dar um gelo nela, mas agora precisava voltar a me aproximar ou, então, a perderia de vez.

Foi fácil encontrá-la, a biblioteca estava sempre vazia. Acenei para Fernando, que ocupava uma mesa sozinho, e passei reto por ele, a intenção era falar com Mônica e mostrar que ela ocupava meus pensamentos.

— Interrompo? — perguntei, me sentando na sua frente, colocando a cadeira ao contrário e me apoiando no encosto para a cabeça, como sempre fazia.

Mônica sorriu e não virou os olhos, o que me surpreendeu e alegrou. Na época não entendi o que significava aquele redemoinho que invadiu meu peito, não admitia para mim mesmo que estava me apaixonando por aquela menina durona.

— O que foi? — disse ela, abaixando o livro que estava lendo e tentando me dar um corte, mas não senti firmeza em suas palavras.

— Nada demais, estava apenas passando por aqui.

Era uma mentira, claro, ninguém passava pela biblioteca, que ficava em um canto do último corredor da escola. Parecia que a dificuldade de acesso a ela fora feito de propósito, para não ser frequentada por aluno algum.

— Veio ler? — brincou Mônica. Ela sabia que eu não me interessava por livros.

— Talvez pegue um dos livros que seu irmão lê sobre *Star Wars* — disse, sem me levantar da cadeira para ir até uma prateleira pegar um.

— Sei.

Fiquei olhando em volta, tentando enxergar algo interessante ou pensar em um assunto para conversar, e depois a encarei.

— Sabe o que seria legal? Um livro ensinando a montar um R2-D2. Sempre quis ter um quando criança.

Mônica arqueou uma sobrancelha e, finalmente, fechou o livro que estava lendo. Ela se apoiou na mesa e chegou o corpo um pouco para frente, demonstrando interesse na conversa.

— Não um C-3PO?

— Não, não daria certo. Ele fala muito e eu também. Não seria bom duas pessoas falando juntas o tempo todo — disse, passando a mão pelo cabelo e tentando jogar meu charme para cima dela.

— Pessoas? — perguntou Mônica, se divertindo. — Pensei que ele fosse um androide.

— Pessoas, robô, androide, tanto faz. — Eu virei a cadeira para a posição normal, me debrucei na mesa, ficando com o rosto um pouco próximo ao dela, e toquei sua mão. Ela deixou. — E queria um sabre de luz, claro.

— Existem alguns.

— Não de mentira, não tem graça. Queria um de verdade, que funcionasse mesmo.

— Seria um perigo, imagina só, você com um sabre de luz de verdade. — Mônica piscou o olho e dei uma gargalhada, arrancando um olhar severo e um "psiu" da bibliotecária, como se o ambiente estivesse cheio de gente lendo. Havia apenas eu, Mônica e Fernando ali.

— Ninguém se meteria a besta comigo.

— Ninguém se mete a besta com você. Acho que o Grajaú todo te idolatra — disse ela e percebi que se arrependeu porque adorava me dar foras, mas no momento em que baixou a guarda, consegui arrancar a verdade dela. — Eu queria ter um Ewok como bichinho de estimação — disse, voltando ao assunto.

— Quem não queria? Ter um Ewok de estimação, um R2-D2 como amigo, um sabre de luz para se defender e se impor e viajar na *Millennium Falcon*.

— Verdade.

— Ei, é meu aniversário agora no final de agosto, daqui a duas semanas. Vou fazer dezessete anos, por que não me dá um destes presentes? — brinquei.

— É muito feio pedir presente, sabia?

— Não custa tentar.

Mônica ficou quieta, perdida em alguma lembrança. Eu não sabia muito sobre a sua vida, apenas que foi criada pela tia.

— Acho que gostaria de conhecer sua tia — disse, distraído, e Mônica me olhou assustada. Eu mesmo me espantei com meu autoconvite para ser apresentado à sua tia. Não esperava dizer aquilo, mas, nos últimos dias, ao estar perto dela, sentia uma necessidade de ser sincero, de falar o que pensava. Não queria mais ficar no ataque, queria conhecê-la e que ela me conhecesse também. Decidi falar de outra coisa, para não deixá-la desconfortável. — Por que não me conta mais sobre você, seu passado, sua infância, o que gosta de fazer?

— Não estou com vontade — disse Mônica.

Percebi que errei de estratégia e toquei em um ponto delicado da sua vida, muito provável porque falei do passado, o que fez com que eu me arrependesse de ter sido tão invasivo. Nunca tive paciência para conversar com meninas, Bianca e suas amigas eram muito fúteis e só falavam besteiras. Quando estava com minha antiga namorada e ela abria a boca, eu viajava para outra dimensão, pensava em assuntos mais interessantes, como corridas de carro, as exposições que eu via no MAM ou o próximo filme que ia entrar em cartaz. Mas com Mônica era diferente, ela tinha algo a dizer. Nossas conversas sempre foram interessantes, e eu prestava atenção ao que ela falava, de verdade.

— Tudo bem, um dia vou descobrir tudo sobre você — brinquei, tentando descontrair o ambiente, o que funcionou porque ela riu.

— Você é muito convencido, sabia?

— Não sou convencido, estou apenas dizendo a verdade — respondi, me levantando e acenando antes de deixar a biblioteca.

Eu amo os domingos, é sério. Sei que a maioria das pessoas não gosta por ser o dia que anuncia que a folga acabou e uma nova semana de ralação começa, mas quando se faz o que ama, é impossível não gostar de um domingo, afinal, ele sinaliza um recomeço, uma nova sequência de dias para tornar o seu sonho ainda mais real.

É assim que me sinto ao acordar. Apesar das caras feias quando saí da festa, da ameaça de Pedro e da bronca de Louise, ao abrir os olhos eu só penso em Mônica, no beijo de sexta e no gelo de ontem. Preciso fazer algo, me mexer, porque o domingo indica que faltam quatro dias para a exposição e alguns poucos para ter o coração de Mônica preenchido por mim.

Por isso, ao me levantar da cama faço a primeira coisa que devo fazer: envio uma mensagem para o celular dela.

> Vou passar aí às 15h pra conversarmos, ok?

Não demoro a receber um "ok" em resposta e dou meu sorriso vitorioso. Quem mandou o bundão do Pedro perder tempo e me ameaçar? Agora a guerra começou de vez e vou destruir meu adversário ex-gente boa.

Mando uma mensagem para Louise avisando que vamos mais cedo para o aeroporto, sem explicar o motivo, e entro debaixo do chuveiro, já cantando minha vitória.

— O que você está planejando? — pergunta Louise, assim que a encontro na porta do hotel, já pronta para ir para São Paulo. Não almocei com ela tentando evitar questionamentos, mas no caminho até o Grajaú não tenho como escapar, estamos os dois confinados no carro.

— Vou passar antes na casa da Mônica para conversar — respondo, e Louise começa a me xingar tão rápido que não entendo o que ela diz, por causa do sotaque acentuado pela raiva. Espero que fale tudo o que tem para falar e tento acalmá-la. — Você vai conhecer o Maracanã.

Louise me olha até entender o que eu disse. Ela é aficionada por futebol, como todo inglês, e me faz mil perguntas sobre o estádio, já se esquecendo do nosso "pequeno" desvio de ir da Zona Sul até a Zona Norte do Rio para depois ao Centro da cidade, onde fica o Aeroporto Santos Dumont, onde vamos embarcar. A empolgação dela aumenta quando avista o Maracanã e digo que vamos passar ali também quando sairmos do Grajaú. Ela questiona se pode ficar no Maracanã enquanto vou até a casa de Mônica, mas tenho medo de deixá-la sozinha por ali e *Minha Mágica* se perder, ser roubada ou abduzida, porque Louise é muito distraída quando está turistando, e prometo voltarmos um dia ao estádio antes do retorno aos Estados Unidos. Não sei se conseguirei cumprir a promessa, mas não digo isso a ela.

Paro em frente ao prédio de Mônica, que não demora a descer. Está linda, usando uma simples calça jeans e uma blusa branca, com meu colar reluzindo em seu pescoço, que está descoberto devido ao rabo que prende o cabelo no alto da cabeça. Ela sabe que isso me deixa louco e penso se fez de propósito, com a intenção de me provocar.

Mônica se aproxima, mas para um pouco longe, dificultando que eu a agarre. Tudo bem, não estou planejando isso, pelo menos não hoje. Ela acena para Louise, que está dentro do carro, e cruza os braços.

— O que foi? — pergunta. Não consigo identificar se sua voz está seca, com medo ou apenas cautelosa.

— Espero não ter causado problemas ontem — respondo, na esperança de ter gerado problemas sim e ocasionado o final do namoro.

— Não, não aconteceu nada.

Que droga, Pedro é mais territorialista do que eu pensava. Balanço a cabeça e entrego um envelope para Mônica, que o segura, hesitante, como se ali estivesse escrito o futuro da humanidade.

— Dentro deste envelope tem quatro convites para a exposição. Um é seu e os outros dois da sua tia e seu irmão, mesmo ele me odiando. O quarto você decide se quer dar para a namorada dele ou para o seu namorado. Ou ninguém. Você tem até quinta para resolver o que fazer.

Meu coração está batendo tão rápido que chego a perder o fôlego ao falar.

— Você não tem o direito de exigir isso de mim, nem de me pressionar — diz Mônica, levantando uma das mãos como se me impedisse de me aproximar dela, mesmo eu estando parado.

— Sei que estou dando um prazo curto.

— Sim, está. Não é justo.

— Não, não é. Mas lá no fundo você já sabe o que vai decidir. — Jogo todas as fichas na mesa de uma vez, não tenho nada a perder. Encaro Mônica, e minha vontade é puxá-la para mim e beijá-la, mas tenho de me manter firme. Se eu provocar, mas não der tudo o que ela quer, talvez tenha uma chance. Ah, droga, tenho chances, ela me ama também e sabe disso, só preciso aumentar a dúvida na cabeça dela em relação ao Pedro. Só preciso ser sincero e dizer a verdade. E é o que eu faço. — Eu conquistei tudo o que sempre sonhei. A vida toda quis ser um artista, você sabe. Pintar, ter meu próprio ateliê, ser reconhecido, admirado e invejado pelo mundo todo. Mas quando consegui realizar meu sonho, ele não estava completo porque não tinha você ao meu lado. E percebi que precisava te reconquistar porque te amo e só você deixa a minha vida completa, torna meu sonho real e me faz feliz por inteiro. Eu te amo, sempre te amei e sempre vou te amar. Você é a mulher da minha vida.

— Você não pode fazer isso comigo, João, não é justo — diz Mônica, e algumas lágrimas escorrem por sua bochecha. Ela mantém os braços cruzados e não as seca.

— Você é quem está fazendo isso. Estou aqui, te dizendo a verdade. Você sabe o que eu quero, quero voltar para sua vida, quero que você seja a minha garota. Quero te mostrar o quanto te amo e ficar contigo. Eu nunca te esqueci, nosso amor nunca acabou.

Agora resta você decidir o que quer — digo e me aproximo, tocando sua bochecha esquerda com o dedão e acariciando sua pele, secando suas lágrimas. Ela não descruza os braços. — Sei que errei, fiz uma burrada e estou arrependido. Sei que é muito pedir o seu perdão, mas se você me der uma chance, vou passar o resto da minha vida provando o quanto te amo. Nunca mais vou te fazer sofrer. É uma promessa que faço e que jamais quebrarei. — Tiro a mão de seu rosto e dou um passo para trás. — Estou indo para São Paulo hoje, volto na terça à tarde. Vejo você na exposição na quinta. Ou antes. Ou nunca mais.

Espero alguns segundos, mas Mônica não diz nada. Ela entendeu o recado: não vou mais procurá-la, fiz o que tinha para fazer. Agora é a vez de ela decidir o que quer.

As cartas foram lançadas.

capítuLo 10

" É aqui que a diversão começa... "

– Anakin Skywalker em Star Wars Episódio III:
A Vingança dos Sith e Han Solo em Star Wars Episódio IV:
Uma Nova Esperança, ambos para Obi-Wan Kenobi

Vejo o carro de João se afastar e sou tomada pelo pânico. Não sei o que fazer, minha cabeça dói de tanto pensar e meu coração está apertado no peito. Quero correr, quero gritar, quero uma solução. Mas não é tão fácil, nunca é. A vida tem dessas coisas: quando você acha que está tudo bem, tudo ficou normal, vem um redemoinho que carrega a calmaria e bagunça tudo.

Observo meu prédio, sem vontade de subir. Não vou aguentar as mil perguntas de tia Lúcia e o olhar acusador de Fernando, que deixou claro saber o que aconteceu ontem, mesmo eu jurando que não beijei João. Ele não me escutou, não acredita em mim, prefere pensar que traí o Pedro na festa, sem me importar com a presença dele lá. Meu irmão não me conhece. Ou então me conhece muito bem, porque tem a noção do quanto João me afeta, e foi isso que ele jogou na minha cara. Sei que não raciocino direito quando meu ex está no mesmo lugar que eu, mas esperava que Fernando me desse mais crédito e acreditasse em mim.

Mando uma mensagem para o celular de Cris e caminho até seu prédio, duas ruas depois da minha, e sei que está em casa, nos falamos antes de João chegar. Neste momento, só quero a opinião da minha amiga. Apesar de não aprovar a volta de João para minha vida, ninguém sabe me aconselhar melhor do que Cristiane. Ela quer me ver feliz, não importa quem estará ao meu lado.

— E aí? Como foi? O que ele disse? Ele te agarrou de novo? — pergunta Cristiane, assim que abre a porta, me puxando para seu quarto. Mal consigo cumprimentar os pais, que estão na sala vendo algo na TV.

— Ele me entregou isto.

Dou o envelope para Cris, que abre e encontra os convites para a exposição.

— Hum, ele deixou dois com o Rafael ontem, para ele e para mim. Você vai? Tem quatro aqui.

— Sim, para mim, tia Lúcia e Fernando. O quarto eu devo decidir para quem dar: Gabi, Pedro ou ninguém.

— Uau! — Cris se joga em sua cama e eu me sento em frente a ela. — E o convite extra vai ser para quem?

Esta é a pergunta que eu tenho quatro dias para decidir, mas não sei qual será a resposta. Mordo a parte de dentro da bochecha e fico com vontade de comer um chocolate. Penso na caixa que tem no meu quarto, é certo que irei atacá-la quando voltar para casa.

— Não sei. Não sei o que fazer, Cris.

— Você ainda gosta dele.

Não foi uma pergunta e sim uma afirmação. Cris sabe de tudo o que passei, o quanto sofri com a nossa separação e que não esqueci João esses anos todos.

— Eu gosto do Pedro também.

— Sim, mas não o ama.

Não, eu não amo Pedro. Eu gosto muito dele, gosto demais. Mas não consigo amar meu namorado porque meu coração já foi preenchido anos atrás por João, meu primeiro e grande amor.

— O que eu faço, Cris?

— Puxa, amiga... — Cris segura minha mão, tentando me dar forças. — Só você tem essa resposta.

Fico em silêncio e sei que ela está certa, tenho a resposta. Sei o que vai acontecer, sei que vou correr para João sem pensar duas vezes e sem ponderar a possibilidade de magoar Pedro mais do que já magoei.

— Não quero que o Pedro sofra.

— Isso é inevitável.

Sim e me sinto mal por isso, mas não planejei o que está acontecendo. Não esperava ficar abalada como estou por causa de João, nem que ele estivesse disposto a lutar por mim. Quando soube da sua volta e da entrevista, achei que era apenas um motivo para nos reencontrarmos e deixarmos a mágoa de lado. O namoro com Pedro estava indo bem, pensei que daria certo e que a volta do meu ex seria um mero detalhe na minha vida.

— Tenho quase certeza do que vou acabar fazendo, mas estou com medo de acontecer tudo de novo. Medo de sofrer, de me decepcionar.

— Você vai ficar com o João, não vai? — pergunta Cris e fico calada. Ela balança a cabeça e suspira. — Eu sabia, desde que ele apareceu no meu aniversário. O modo como ele te devorou com os olhos, o jeito que você o olhou. Nem vem negar, eu vi, você tentou disfarçar, mas eu te conheço.

— E não aprova.

— Não é que aprove ou não. É complicado, tudo entre vocês é, desde que ele foi morar em Nova Iorque. — Ela fica quieta por alguns segundos. — O Pedro falou alguma coisa sobre ontem?

— Não. Eu vi que ele disse algo para o João antes de ir embora, mas não falou sobre o assunto comigo, então decidi ficar quieta e não perguntar nada.

— Ele imagina o que aconteceu.

— Muito provável que sim, mas não quis tentar explicar. O que ia fazer? Perguntar se percebeu que eu e João sumimos por alguns minutos e que ele imagina que meu ex me beijou? Esperei tocar no assunto por conta própria.

— Você nem me contou direito o que o João fez. — Ele se declarou ontem na festa e hoje. Disse tudo o que eu esperava ouvir três anos atrás. Ele ainda me ama, e sinto que é verdade. João pode ter todos os defeitos do mundo, mas veio disposto a me reconquistar e abriu o coração para mim. — Eu não duvido que ele te ame, dá para ver no rosto dele, mas tenho medo de você sofrer. — Também tenho, mas quando ele me beijou na sexta... Nossa! Vi estrelas, meu coração quase saiu do peito e foi como uma volta ao passado, parecia que tudo estava onde devia estar. Quando estávamos na Lapa, cheguei a pensar que podia controlar a presença dele, que conseguiria sobreviver e não me envolver, mas foi diferente, foi mágico.

— Que droga...

— Cris, estou sendo louca, irracional e impulsiva, não estou? — pergunto, apenas querendo uma confirmação dela, querendo que minha amiga me traga de volta à realidade e me dê uma solução. — Eu não posso te falar isso, nem decidir o que vai fazer. Não queria que voltasse para o traíra do João, mas você o ama, e o amor de vocês sempre foi algo forte e intempestivo. E precisa tentar de novo, nem que seja para se esborrachar, sofrer mais uma vez e ter a certeza de que ele é um idiota que não te merece.

Somos interrompidas pelo celular de Cris, que faz um barulho. Ela olha, dá um meio sorriso e me mostra a tela.

Como a Mônica está?
Te amo
Rafa

— O que eu respondo?

— Diz que depois conversa com ele, não tem problema contar o que está acontecendo — digo, porque sei que ela vai falar tudo para o namorado.

Não me importo que Rafael saiba, ele acompanhou de perto o rompimento do namoro com João, meu sofrimento e recuperação. Ele sabe tudo o que acontece na minha vida.

Cristiane digita uma mensagem no celular e o coloca em cima da cama, voltando a segurar minhas mãos.

— Ontem ele disse para o Rafael que voltou com o objetivo de te reconquistar. Isso a gente já sabia, está claro desde o primeiro dia em que o encontramos. Mas o João foi sincero, ele gosta de você, nunca te esqueceu e está sofrendo por vocês estarem separados. Mesmo não gostando dele depois de tudo o que aconteceu, não posso negar isso. Olha, a vida é sua, não tenho como dizer para fazer uma coisa ou outra. Só siga o seu coração, pense com calma. O Pedro te ama, você sabe disso.

— O João também.

— E você ama o João. Então já decidiu tudo. Não acha que está indo muito rápido?

— Ele me deu até quinta para decidir, deixou claro que não irá me procurar mais. Então não tenho tanto tempo para resolver a minha vida.

— Espertinho, sempre pensando nos próximos movimentos e arquitetando tudo para te deixar cercada.

Impossível não rir do jeito como Cris fala. Ela coloca João como um monstro que cria planos mirabolantes no intuito de me deixar na mão dele. Fico pensando se essa não é a razão por trás de suas atitudes, mas eu o conheço bem, sei que ele me ama de verdade.

— Estou vivendo uma hipocrisia porque traí meu namorado. Eu não presto.

— Sim e não. A história que você viveu com o João é diferente da que está vivendo com o Pedro.

— Eu sei, mas me sinto mal por ele e pelo que estou fazendo com ele.

— É complicado, Mônica, eu te entendo, posso não concordar, mas entendo. Não foi algo que você planejou, essas coisas acontecem, você só precisa ser sincera com o Pedro, ou então estará repetindo o que o João fez com você.

As palavras de Cris são duras e reais. Três anos atrás, não fiquei com raiva do João somente porque me traiu, não foi isso que fez com que eu terminasse, foi a mentira, o fato de não ter aberto o jogo na época. Ele me enganou e quebrou a promessa que fizemos de sempre sermos sinceros um com o outro. Uma vez que a confiança está abalada, é difícil restaurá-la.

— E se eu sofrer de novo?

— Não há como prever isso. Você sabe que não gostei do retorno do João porque você ficou quase três anos tentando esquecer e se recuperar, e agora vai correr de volta para os braços do cara que te fez chorar horrores. Mas você o ama e ele te ama, vocês são perfeitos juntos, sempre foram, apesar de tudo, apesar de ele te desequilibrar deste jeito, de ser um canalha convencido e arrogante.

— A gente não escolhe quem ama — digo, tentando brincar. Cristiane está certa, quando o assunto é João não consigo pensar com clareza. Ele me desnorteia. — Eu gosto do Pedro, ele é um cara legal, me ama e é estável. Mas o João...

— O João é amor verdadeiro — responde Cris.

— Sim. Ele é o grande amor da minha vida. Quando estamos juntos, não consigo pensar em mais nada. Achei que ele não me desestruturaria tanto agora como acontecia anos atrás, mas parece que nada mudou.

— Então o Pedro já era.

Fico um tempo pensando no que Cris disse e meu coração só chama por João. Não há o que escolher, a decisão foi tomada.

— Sim. Preciso terminar meu namoro — digo, e me levanto porque sei o que tenho de fazer.

Mas não hoje. Hoje o dia foi do João, hoje ele venceu.

Quando chego em casa, marco um encontro com Pedro para o dia seguinte após meu estágio na TV BR; ele confirma o encontro e não pergunta o motivo de não nos vermos ainda hoje, apesar de ser domingo.

Devoro meus chocolates.

5 anos atrás

A aula de Geografia era a minha preferida no colégio. Não sei se a professora conseguia ensinar de um modo fácil ou eu que amava tanto a matéria. Gostava de prestar atenção, fazer anotações e depois pesquisar na internet o que foi ensinado. Era a única disciplina que me despertava esse sentimento e jurava que ia fazer algo relacionado a ela quando chegasse a época da universidade.

Geografia era a aula em que Cris estava proibida de me mandar bilhetinhos, por isso estranhei quando fui pegar uma caneta e encontrei um pedaço de folha de caderno rasgada e dobrada dentro da minha mochila. Olhei minha amiga sentada na cadeira ao meu lado, que me ignorou. Abri o papel com cuidado para a professora não perceber e pisquei os olhos ao ver a mensagem.

O final da nossa história

> NUM DESERTO DE ALMAS TAMBÉM DESERTAS, UMA ALMA ESPECIAL RECONHECE DE IMEDIATO A OUTRA
>
> CAIO FERNANDO ABREU EM MORANGOS MOFADOS

Não reconheci a caligrafia, não era da Cris. Olhei mais uma vez para minha amiga, que prestava atenção à aula. Fiz um sinal, mostrando o bilhete, ela viu o papel na minha mão e deu de ombros, balançando a cabeça como se não soubesse do que se tratava. Cerrei a sobrancelha e guardei-o de volta.

Antes de sair do colégio, perguntei para Cris sobre a frase do livro, e ela disse não fazer ideia do que eu estava falando. Fiquei intrigada, mas imaginei que alguém havia colocado por engano na minha mochila.

Ao chegar em casa e pegar o livro que retirei da biblioteca naquele dia, outro papel caiu de dentro dele. Era a mesma folha de caderno escrita com a mesma caligrafia.

> HÁ UMA FRESTA EM MINHA ALMA POR ONDE A SUBSTÂNCIA DO QUE SOU ESTÁ SEMPRE SE ESCAPANDO, MAS NÃO VEJO ONDE NEM POR QUÊ
>
> FERNANDO SABINO EM O ENCONTRO MARCADO

Percebi que o recado era para mim, não havia dúvidas. Não foi um engano, ele se dirigia a mim. A pessoa colocou os papéis para que eu encontrasse. A curiosidade fez eu mexer na mochila, em uma tentativa de descobrir mais pistas sobre quem guardou os dizeres ali, e encontrei vários outros escondidos em diferentes partes e bolsos da mochila.

DIZEM QUE UM INSTANTE E UMA ETERNIDADE
SE CONFUNDEM QUANDO SE EXPERIMENTA
UMA EMOÇÃO INTENSA

JONATHAN COE EM A CHUVA ANTES DE CAIR

HÁ COISAS QUE NUNCA SE PODERÃO
EXPLICAR POR PALAVRAS

JOSÉ SARAMAGO EM O HOMEM DUPLICADO

NÃO DEVEMOS LUTAR CONTRA O DESTINO

MARY STEWART EM AS COLINAS OCAS

O final da nossa história

> NÓS ESTAMOS AQUI POR TÃO POUCO TEMPO.
> POR QUE GASTAMOS UMA PARTE TÃO GRANDE
> CONSTRUINDO CASTELOS DE AREIA?
>
> NICK HORNBY EM JULIET, NUA E CRUA

> A ALEGRIA DE DESCOBRIR QUE A PESSOA CERTA NA
> HORA CERTA PODE ABRIR TODAS AS JANELAS
> E DESTRANCAR TODAS AS PORTAS
>
> DAVID LEVITHAN EM DOIS GAROTOS SE BEIJANDO

Não entendi o que eles significavam. Espalhei tudo na cama, me sentei em frente e criei diversas sequências para ver se formavam algum texto e percebi que não, cada um era um único recado dentro de um enorme recado. Só não sabia qual.

Mandei várias mensagens para o celular da Cris, com fotos de cada bilhete. Ela continuou negando ter qualquer participação no aparecimento dos bilhetinhos, mas não me convenceu. De alguma forma, aqueles papéis foram parar dentro da minha mochila, só alguém que tinha acesso a mim e à sala de aula faria isso, e ela era minha principal suspeita.

Fiquei a tarde toda quebrando a cabeça para descobrir do que se tratava e apenas um nome surgiu na minha mente: João.

Mas ele não faria isso, faria? Ele não gosta de ler, como chegou até as frases dos livros? Tudo bem, podia ter pesquisado no Google, uma ferramenta simples e fácil para qualquer busca na internet. Mas qual o motivo?

Meu coração disparou quando uma possibilidade cruzou meu pensamento: será que ele gostava de mim e aquela era a forma de demonstrar isso? João andava estranho, às vezes falava comigo, às vezes não. Ficou muito próximo de Fernando e nos últimos dias estava sendo muito simpático.

Não consegui me convencer se eu queria que fosse verdade ou não. Apenas passei o resto da semana tentando perceber o que ele sentia por mim. E eu por ele.

A sensação que tenho é a de que a segunda-feira foi um dia perdido. Não consegui me concentrar em nenhuma aula durante a manhã na Universidade da Guanabara, nem no trabalho que eu tinha para fazer na TV BR.

O Sr. Esteves me informou que em breve teria notícias se a vaga de correspondente em Nova Iorque ia ficar comigo ou não, e Anete jurou que a resposta sairia até o final da semana. Ela está praticamente confirmada como a correspondente em Londres, o que me deixou feliz.

Também deveria ter ficado contente, nervosa, ansiosa em relação ao meu futuro, mas minha cabeça só tinha espaço para Pedro e a nossa conversa quando eu saísse do trabalho. Meu pensamento estava longe e o coração apertado.

Eu podia ter dado alguns dias aos meus pensamentos, esperar, mas não há tempo para refletir sobre o que está acontecendo. João volta amanhã, terça, e sei que quero ficar com ele. Não há dúvidas na minha cabeça, nunca houve. Apenas pensei que jamais o veria de novo e minha vida seguiria com a lembrança do namorado da adolescência, que foi embora deixando um grande vazio de dor e saudade. Mas ele está aqui, de volta à minha cidade, dizendo que ainda me ama e o que desejo é voar para seus braços e responder que ainda o amo também. Quero resolver isso de uma vez, não esperar até o dia da exposição. Ainda há um pouco de mágoa pela traição, mas preciso superar isso se quero ser feliz ao seu lado. Acredito que ele está sendo sincero quando diz que não vai mais me fazer sofrer; o tempo passou, crescemos e amadurecemos. A situação agora é outra e estou disposta a arriscar. Quero e vou ser feliz com o grande amor da minha vida.

 Encontro Pedro no apartamento dele, em Botafogo, um lugar que conheço, me é familiar e onde passamos momentos maravilhosos vendo um filme na TV, em festinhas organizadas para reunir os amigos aos finais de semana ou no quarto, trocando promessas de um futuro juntos. O término de um namoro deve ser feito entre quatro paredes e não em um restaurante, bar ou shopping, com várias pessoas olhando. É um momento delicado, alguém vai sair triste, ferido, machucado.

 Ele abre a porta e sinto o clima estranho entre nós. Depois que João foi embora da boate no sábado, Pedro fingiu não entender o que aconteceu, mas ficou óbvio que percebeu que algo rolou entre meu ex e eu. Nunca contei sobre meu primeiro namoro, mas ele sabia algumas coisas de conversas com Rafael e Cris. Depois da festa, decidi ficar na minha. Se ele não queria tocar no assunto, eu também não falaria nada, mas a visita de João em minha casa ontem fez com que a decisão fosse tomada de forma rápida.

 Agora estou aqui, em sua sala, sentada de frente para Pedro no sofá. Vejo seu lábio inferior tremer, ele sabe o que vai acontecer, sabe o motivo de eu vir aqui hoje e qual será o assunto da conversa.

Mais do que isso, o fato de não termos nos encontrado ontem, em um domingo, como sempre acontece, é um sinal de que alguma coisa está errada em nosso relacionamento.

— Precisamos conversar — digo e ele suspira alto, fechando os olhos. Meu coração se aperta ainda mais.

— Antes que fale algo, quero te dizer o quanto você é importante para mim.

Pedro respira fundo, mas não o deixo continuar. Não vou fazer isso com ele, é muita maldade esperar que se declare e faça juras de amor que não vou deixá-lo cumprir, porque irei terminar o namoro em seguida. Não vou deixá-lo implorar e pedir que eu reconsidere, não vou deixar que se humilhe para depois ter a porta batida em seu rosto como um sinal de que tudo o que fez não adiantou. Não quero que ele me odeie, eu já me odeio por esta situação o suficiente por nós dois.

— Não diga nada, sei disso tudo, tenho a noção do quanto você gosta de mim e eu gosto de você. Nosso namoro é ótimo e você é o namorado com que toda garota sonhou.

— Mas você não — retruca ele e balanço a cabeça, concordando.

Ele sabe o que está por vir e seu corpo é uma mistura de sentimentos: raiva, frustração, revolta, ciúme, aflição, esperança.

— Você foi o namorado perfeito para mim durante o tempo em que ficamos juntos, principalmente neste último mês, quando as coisas pareciam diferentes do ano passado. Fui muito feliz ao seu lado.

— Até seu ex voltar. — Ele se levanta e anda pela sala nervoso, triste, sem saber como agir. Percebo que foi tomado pelo desespero e tenho vontade de fazê-lo parar, mas não me mexo, ele precisa pôr para fora, tenho de aceitar sua reação. Pedro está tendo o coração partido, eu sou a vilã da sua história. — Eu sei o que aconteceu sábado, mas não queria acreditar que você ia correr para os braços dele e me largar. Não consigo aceitar que tudo foi em vão.

Ele se senta na minha frente e seus olhos estão úmidos. Algumas lágrimas chegam até os meus diante da visão de seu sofrimento. Eu me sinto péssima.

— Não foi em vão, Pedro, gosto de você. Mas o João... É uma história complicada, é algo que precisamos resolver. Você é um cara legal, vai encontrar alguém que te faça feliz.

— Sim, mas os caras legais nunca ficam com as garotas, nem na ficção, nem na vida real. Eu devia saber disso assim que seu ex voltou. Talvez soubesse, mas ainda havia esperança de que você gostasse de mim.

— Eu gosto de você.

— Só não me ama o suficiente para ficar comigo.

— É complicado, Pedro. Minha história com o João é longa, confusa e intensa. Qualquer pessoa que estivesse comigo agora não teria chance alguma, não é algo direto com você.

— Por favor, Mônica, não me venha com o clichê de "o problema sou eu e não você" — diz Pedro, um pouco ríspido.

Não respondo nada porque ele está sofrendo muito, está magoado. E sofro por ele. Sei o quanto é ruim perder quem amamos para outra pessoa e me sinto muito mal por fazê-lo passar por isso.

— Desculpa — digo e me levanto, dando um beijo em sua bochecha.

Ele não se mexe e eu saio de seu apartamento, deixando tristeza, mágoa, revolta e sofrimento do lado de dentro.

capítulo 11

> " Nunca vi nada que me fizesse acreditar que existe uma força muito poderosa controlando tudo. Nenhum campo de energia mística controla meu destino. "
>
> – Han Solo para Luke Skywalker em
> *Star Wars Episódio IV: Uma Nova Esperança*

5 anos atrás

Quando Cris me chamou para rever o filme *O Homem de Ferro* em sua casa, meu coração disparou dentro do peito. Eu sabia que o Rafael ia porque os dois passaram a ser praticamente um só, viviam grudados. Só tinha dúvidas se João iria também e não consegui definir se meu coração batia mais rápido porque desejava que ele fosse ou não.

É engraçado como alguém que você acha metido pode mudar do dia para a noite. João ainda tinha alguns momentos em que dava vontade de dar um soco na cara dele, mas no geral estava melhorando, mudando daquele garoto convencido e arrogante para uma pessoa com quem eu podia conversar durante um tempo.

Por isso, ao chegar na casa de Cris e ver apenas Rafael lá, me senti um pouco desapontada e, ao mesmo tempo, fiquei aliviada porque podia ser eu mesma. Nunca tive problemas de saber quem eu era, mesmo tendo apenas quatorze anos, mas quando estava na frente de João, tudo mudava: não sabia direito o que falar, como agir e o que pensar.

Cris e Rafael estavam juntinhos no sofá e eu me senti uma perfeita vela. Minha curiosidade estava acima do normal para descobrir o motivo da ausência de João, mas não ia perguntar na lata para o melhor amigo dele, então fiquei um longo tempo calada, pensando em algo. Tive vontade de comentar sobre as frases de livros que encontrei na minha mochila, mas fiquei quieta porque não tinha a certeza se era obra de João, nem se Rafael sabia algo sobre o assunto.

— Você está estranha — disse Cris, fazendo com que meus sentidos ficassem em alerta.

Não tinha a intenção de que eles percebessem que João estava fazendo falta. Até porque não estava, eu devia agradecer pela sua ausência, assim evitava ficar ouvindo aquele garoto irritante contar vantagem sobre tudo.

— Só preocupada com a prova de Matemática — respondi, o que era verdade. A prova aconteceria na semana seguinte, mas eu ainda tinha dificuldades com a matéria.

— Hum, se quiser ajuda em Matemática, fala com o João. Ele é bom na matéria — comentou Rafael e senti meu coração acelerar à menção do nome de João.

— É claro que ele é — disse, fazendo os dois rirem.

Ele era perfeito em tudo e isso irritava porque dava razão para ser metido.

— O cara não é tão mal assim — disse Rafael.

— Eu sei, mas ele não se esforça, né?

Rafael riu e Cris se levantou para pegar a pipoca, que havia ficado pronta no microondas.

— Eu me acostumei, acho. Sei lá, para mim, ele não é tão repugnante como é para você. — Rafael deu de ombros.

— Que isso! Ele não é repugnante, só é metidinho demais.

— Isso ele é um pouco.

— Um pouco? — perguntou Cris, entrando na sala com duas vasilhas de pipoca.

— Se o conhecerem melhor, vão ver que é legal. João não tem culpa se todos querem ser amigos dele — disse Rafael, pegando uma das vasilhas das mãos de Cris enquanto ela arrumava o filme no DVD. A outra ficou destinada a mim.

— E todas as meninas se jogam para cima dele — completou Cris, se sentando no sofá ao lado do namorado.

— Eu já consegui conversar com o João numa boa, mas parece que ele é mais simpático quando não tem tanta gente perto — comentei, devorando a pipoca amanteigada, que estava uma delícia.

— Ele falou isso, que conversou com você sem tomar tanto fora — disse Rafael.

— Se ele fosse legal sempre, não levaria tanto fora — comentei e Rafael começou a rir. Aproveitei a deixa para saber o motivo de João não estar na casa de Cris. — Por isso ele não veio? Com medo de levar mais foras?

— Não, ele foi ao MAM — respondeu Rafael e o olhei com uma cara de surpresa, que ele interpretou como se eu não soubesse do que se tratava. — Museu de Arte Moderna — explicou.

— Sim, eu sei o que significa, só estranhei. Nunca pensei no João como alguém que frequentasse um museu.

— É a paixão dele, seu sonho é ser pintor. Vive desenhando coisas no colégio e em casa ele tem um cavalete com telas para pintar. O quarto dele cheira a tinta e aguarrás.

— Nossa, jamais diria isso — comentei.

Fiquei espantada em conhecer esse outro lado do João, um artista que gosta de museus. Eu já ouvi algumas meninas falarem algo do tipo, mas nunca dei atenção porque nada dele me interessava e pensava que ele usava esse artifício para ser mais sedutor.

— Pois é, toda primeira quarta-feira do mês ele vai ao MAM. A entrada lá é de graça depois das três da tarde. Fui uma vez, mas achei um tédio danado. Ele adora ficar vendo quadros, e eu não entendo nada, para mim é tudo um borrão sem nexo.

∾ O final da nossa história ∾

— Ok, agora chega desse papo de João e museu, que é hora do filme — disse Cris, nos interrompendo e apertando o *play* do controle remoto.

A introdução da *Marvel* começou na TV, com as folhas de quadrinhos passando rapidamente na tela, mas minha cabeça estava longe, em um museu no Parque do Flamengo.

2 anos e 6 meses atrás

Era final de novembro e já estava frio em Nova Iorque, ao que agradecia todos os dias. Não nasci para o calor infernal do Rio e morar em uma cidade com as estações definidas e o inverno rigoroso era uma realidade de que gostei.

Fazia quase três meses que estudava na *New York Academy of Art*, mas parecia que passara a vida toda pelos corredores daquele edifício de cinco andares, construído em 1861. Às vezes, sentia que suas paredes, escadas e pisos foram feitos para me abrigar, me acolher e me ensinar a aperfeiçoar ainda mais minha já quase perfeita técnica de pintar. Eu me sentia o máximo ali dentro, era meu reino.

Minha rotina nos Estados Unidos não era muito diferente da do Brasil. Apesar de não ter minha namorada por perto, eu saía com meus amigos nos finais de semana. A diversidade de pessoas que conheci era grande e fiz amizade com gente de diferentes lugares do planeta; impossível não ficar empolgado a cada amanhecer.

Todos os dias ia para a aula e depois andava pela cidade, cada hora em um bairro diferente, apenas descobrindo os encantos de Nova Iorque. No começo da noite, voltava para casa e jantava com meus pais, para depois correr até o computador e fazer uma videoconferência com Mônica. Foi a forma que encontramos de nos manter conectados, apenas e-mails e mensagens pelas redes sociais não bastava e o visor do celular era pequeno demais para visualizar minha namorada. Eu precisava ver seu rosto, nem que fosse pela tela do *notebook*.

Apesar de amar minhas aulas, o momento mais aguardado era quando conseguia ver minha garota pela *webcamera*. Mônica continuava a mesma e doía não poder tocá-la. Mal sabia eu que naquela noite ia doer ainda mais.

— Ei — disse Mônica, assim que a imagem surgiu na tela. Notei que seu rosto estava diferente, mais sério, e logo pensei que algo ruim havia acontecido.

— O que foi?

— Nada. — Ela mordeu o lábio inferior.

— Algo aconteceu, não negue, eu sei só de te olhar.

Ela sorriu com a minha confidência. Eu a conhecia melhor do que ninguém, ela me conhecia mais do que meus pais.

— É algo legal e chato ao mesmo tempo e não quero que fique com raiva, quero que entenda.

— Ok — respondi, reticente. Só pelo tom que ela usou, já sabia que não ia entender coisa alguma, mas precisava me esforçar.

— É meu pai — disse ela.

Mônica não era de falar muito sobre o pai e algo me disse que eu não ia gostar do que ela tinha para me contar. Eu sabia um pouco sobre essa parte de sua vida, apenas que há mais ou menos um ano ele voltara sem avisar, para sumir logo depois. Mônica ficou triste e disse que já estava acostumada porque ele sempre fazia isso, mas eu sabia que ela mentia, sabia o quanto ela queria que o pai estivesse ao seu lado e do irmão. Eu a confortei na época e odiei ainda mais o pai ausente que não se preocupava com os filhos.

— Ele voltou?

— Sim. E veio com uma novidade que me espantou. Convidou o Fernando e eu para passarmos o Natal com ele na Serra Gaúcha.

Fiquei em silêncio, digerindo as palavras dela. O cara some por um ano, volta e quer levar minha namorada para longe no Natal? O plano era Mônica vir para os Estados Unidos e ficar comigo até a metade de janeiro e estava com medo de saber o que ela havia decidido.

— Serra Gaúcha?

— Ele disse que quer nos mostrar um pouco do clima de Natal, já que aqui no Rio não há muita coisa. Parece que algumas cidades do Sul fazem um feriado mais típico — disse Mônica, se mostrando animada com os planos do pai.

— Bem, você terá um Natal típico aqui em Nova Iorque.

Ela ficou quieta e esboçou um meio sorriso e na hora soube que a havia perdido para o pai. Tentei me controlar, não queria demonstrar frustração, ela parecia feliz.

— Eu sei, mas... O Fernando está empolgado com a viagem e também fiquei. É a primeira vez que passaremos o Natal com ele desde que mamãe se foi. Tia Lúcia vai também — comentou, como se o fato de a tia ir melhorasse a situação.

Estava com raiva, claro, muita raiva. A última vez em que nos vimos foi quando me mudei para os Estados Unidos, em julho. A vinda de Mônica para o Natal era a chance de nos reencontrarmos e termos a certeza de que nosso namoro ia seguir forte, mesmo com a distância. Fiz planos para os dias em que ela ficaria comigo, montei um roteiro de lugares para conhecer, comidas para provar. Estava contando as horas para vê-la e agora não viria porque ia passar o feriado com um pai ausente que não ligava para os filhos. Queria jogar na cara dela isso, mas me segurei. Não era justo com ela, eu que aguentasse a fúria que sentia dentro de mim.

— Legal — disse.

— Não é? Ele já planejou tudo, reservou hotel, comprou as passagens. Vai ser uma boa chance de conseguirmos uma conexão maior com ele. — Ela ficou um tempo me olhando através da tela do computador e vi seu sorriso sumir. — Eu queria muito te ver, estou com saudades... Mas essa viagem... Eu vou te visitar em janeiro, depois das festas, já acertei isso com tia Lúcia e vamos comprar minha passagem ainda esta semana. O que acha?

— Pode ser — disse, sem muito ânimo.

— Por favor, João... Não fale assim. Você sabe o quanto é importante ter uma ligação com meu pai, o quanto ele fez falta para mim e para o Fernando. Quero muito te ver, mas sinto que preciso disso na minha vida. Se eu der as costas para ele agora, não sei quando terei uma nova chance, se é que terei. Tente entender, por mais difícil que seja.

Eu queria entender, de verdade, mas detestava o pai dela, mesmo sem conhecê-lo. Talvez estivesse com ciúme, revoltado por perder minha namorada para um pai desnaturado. Talvez fosse egoísmo meu, mas não me importava, eu era egoísta mesmo.

— Eu entendo, claro. Só estou triste por não ter você aqui no Natal — menti, porque era o que ela queria ouvir.

Mônica ficou feliz com o que eu falei e começou a contar da viagem e apenas a escutei. Ela estava mudada, não demonstrava mais a antipatia que antes tinha pelo pai. Estava contente e parecia não ligar tanto quanto eu para o fato de deixar o namorado sozinho em Nova Iorque no Natal e *réveillon*.

Fiquei tão irado que, enquanto ela falava da programação de fim de ano, decidi ir à festa de um amigo da faculdade que aconteceria no dia seguinte.

~ O final da nossa história ~

4 anos atrás

Não parei de pensar no que tinha acontecido há poucas horas, naquela mesma noite, a melhor da minha vida. Precisava dormir, descansar, mas fiquei o tempo todo repassando os acontecimentos.

Quando João me deixou em casa, me beijou com ternura e disse que me amaria para sempre. Nada havia mudado, apenas ficamos mais íntimos, mais unidos. Fiquei imaginando o que significava para a minha vida e nosso relacionamento termos dormido juntos pela primeira vez. Namorávamos há um ano, mas parecia uma eternidade e ele nunca me pressionou. A decisão foi tomada por mim e foi perfeito. Eu me senti a mesma de antes, continuei sendo a mesma garota apaixonada e sonhadora de sempre.

João Carlos. Estremeci só de pensar nele, seus braços me envolvendo, nossos corpos se encaixando. Era o namorado perfeito, o homem de minha vida. Embora todos falassem que éramos muito novos para pensar no futuro, sempre tive a certeza de que ficaríamos juntos. Nada podia nos separar.

Olho para o celular, que marca 21:17. Faz cinco horas que cheguei ao Rio e estou quase ficando doido só de pensar em Mônica. Achei que passar dois dias em São Paulo ajudaria a me distanciar, mas só piorou. Ficar longe foi quase um suplício e não consegui arrancar informação alguma através de Rafael. Ele mal respondeu minhas mensagens no celular e foi vago todas as vezes que perguntei sobre Mônica. Alguma coisa está para acontecer, ou já aconteceu, e tenho de saber o que é, preciso ter o controle da situação, mas não há como. Só me resta esperar.

E é o que faço aqui no quarto. Comi algo rápido em um restaurante na Avenida Atlântica com Louise, a deixei em uma feirinha hippie que tem em Copa e voltei para o hotel. Hoje não sou boa companhia para ninguém, só quero ficar sozinho e tentar aplacar o nervosismo. Meu dedo coça com vontade de pegar o celular e enviar uma mensagem para Mônica, mas me controlo. Não posso forçar mais a barra, já forcei demais, agora é com ela e isso me dá medo porque sei o que quero, mas não sei o que ela quer. Sei que me ama, mas será que é o suficiente para fazê-la abandonar o namorado e correr para mim? Espero que seja.

Tiro a camisa que uso e fico só de calça jeans, jogo o tênis longe, deito na cama e mexo no controle remoto, trocando os canais da TV. Não presto atenção em nada, apenas mudo o tempo todo enquanto mordo o canto das unhas. Checo o celular de novo e são 21:22. Só se passaram cinco minutos, mas parece que foram horas. Impressionante como o tempo não passa quando se está tenso. Dormir não é uma possibilidade, ainda é cedo. Penso em dar uma volta no calçadão de Copacabana, mas sozinho, sem Mônica, parece algo muito triste e solitário. Deprimente.

Olho o *notebook* em cima da mesinha que tem no quarto, mas a preguiça de jogar ou navegar na internet é grande. Já cheguei o que os sites brasileiros estão falando de mim mais cedo pelo celular, no Aeroporto de Congonhas, enquanto aguardava meu voo para o Rio. Não haverá nada novo e, mesmo que haja, não tenho interesse em saber.

Estou devorando o sexto canto de unha quando escuto alguém bater na porta. Aperto meus olhos, pensando em quem pode ser. Não pedi serviço de quarto e Louise raramente me incomoda em um hotel.

Com todo o desânimo do mundo eu me levanto e vou até a porta, para ter um susto e sentir minha respiração falhar ao abrir e ver Mônica parada ali, linda. Ela usa uma calça jeans escura e uma blusa preta, uma bolsa pende sobre seu ombro, os cabelos estão soltos, com meu colar em seu pescoço. A vontade é de puxá-la e beijá-la, como sempre, mas me controlo porque ainda não sei se vou gostar da sua visita.

— Podemos conversar? — pergunta ela e gaguejo para responder.

— Pode ser aqui ou prefere em outro lugar?

Ela olha para dentro do quarto por cima do meu ombro e sinto minhas bochechas corarem porque tenho noção da bagunça em que ele se encontra. Se soubesse que ela apareceria, teria tirado as roupas do chão e fechado a mala. E permanecido com a camisa que usava há pouco.

Mônica não responde, apenas passa por mim e entra no quarto. Vou atrás, catando cada peça de roupa e pedindo desculpas pela zona que fiz no cômodo. Ela sorri e meu coração se derrete. Não pergunto como descobriu em que quarto estou, isso não me interessa. Mas também não pergunto o que importa: se ainda está com Pedro e o que veio fazer aqui. Deixo que fale quando quiser e o que quiser.

Fico parado no meio do quarto, segurando algumas camisas que não sei onde colocar. A mesinha está ocupada pelo *notebook* e algumas calças, a bancada é uma bagunça de mala, carregador do celular, cuecas, meias e tênis.

Mônica está na minha frente e alterna seu olhar entre meu rosto e as roupas nas minhas mãos, percebo que ela quer que eu as coloque em algum lugar e sinto uma alegria invadir meu corpo. Jogo tudo em cima da mala e agora não sei o que fazer com as mãos, estou nervoso. Coloco na cintura, mas imagino que a pose esteja patética, e então cruzo os braços, mas não quero ter uma postura de defesa porque estou de peito aberto para recebê-la, literalmente, já que o fato de estar sem camisa é algo que deixa a cena mais constrangedora. Por fim, decido enfiar minhas mãos nos bolsos da frente da calça jeans.

— Conversei com o Pedro — diz ela e para. Não sei se quer criar uma expectativa ou me dar um ataque cardíaco, mas não me mexo. Posso sentir a tensão que há entre nós, a vontade é de tocar seu corpo, mas permaneço no lugar. — Você precisa entender o quanto me magoou três anos atrás.

Pronto, aí está: a conversa que estamos adiando desde que cheguei. O fato de tê-la traído, o fato de ela nunca ter me perdoado. O fim do nosso namoro por causa de uma noite em Nova Iorque. Respiro fundo.

— Eu sei. Tenho a ideia exata do que te fiz e a mim também, ao nosso namoro. Foi uma inconsequência, burrice de adolescente.

— Sim. Você se deslumbrou com a vida nos Estados Unidos.

— Não sei se foi só isso... Estávamos longe, eu havia acabado de saber que você não ia passar o Natal comigo, não sabia se realmente nos veríamos de novo em janeiro. Acho que juntou tudo. Eu te amava muito, ainda te amo, mas a distância pesou e não parei para pensar. Você não tem noção do quanto me arrependo de ter ido àquela festa e ter ficado com aquela menina.

Agora é a vez de Mônica respirar fundo à menção da minha traição. É um assunto doloroso para nós dois, foi o início da nossa separação e o que culminou para que ela se decepcionasse comigo.

— Eu te disse que não foi a traição em si que me afetou. É óbvio que sofri ao saber que você teve outra em seus braços, mas o que mais doeu foi a mentira. Você teve a chance de me contar e preferiu mentir.

— Quis te proteger, não queria te magoar — confesso,

repetindo palavras que usei anos atrás em minhas mensagens. Não sei o rumo que a conversa vai tomar, mas começo a ficar com medo do que está para acontecer.

— E acabou me machucando ainda mais. Nós prometemos que não iríamos esquecer um do outro, que faríamos o namoro dar certo mesmo estando distantes e, o mais importante, prometemos ser sinceros sempre, por mais que a verdade doesse. Você quebrou a promessa.

A frase dela me machuca e sei que mereço escutar tudo o que tem a dizer. Não sei como fazer com que entenda o quanto significa para mim, mas preciso tentar.

— Eu te amo e preciso que me perdoe ou, pelo menos, passe a confiar em mim de novo. Você é a pessoa mais importante na minha vida. Sei que não demonstrei isso na época, mas quero que perceba agora.

— Eu sei, João, o pior de tudo é que sei disso. — Mônica balança a cabeça e olha em volta. Ela se aproxima da mesa, hesita e percebo que não sabe onde colocar a bolsa, que agora está em suas mãos. Não há espaço em cima da mesa, por causa das minhas roupas, então ela puxa uma cadeira e joga a bolsa ali. Depois, dá um passo em minha direção e tira minhas mãos dos bolsos da calça e as segura. — Eu terminei com o Pedro.

Tenho um instante de choque com a mudança repentina de assunto e sinto meu coração acelerar de felicidade. É o que queria ouvir, o que precisava saber. Dou um sorriso e puxo Mônica para perto de mim, abraçando sua cintura. Ela envolve meu pescoço com as mãos e nossos lábios se encontram em um beijo furioso, desesperado, um beijo de reconciliação. Um beijo de urgência, de duas pessoas que se amam e não conseguem mais esconder isso. Um beijo de pele, apaixonado e desnorteado.

Pressiono meus lábios em seu pescoço e vou descendo até a clavícula, dando um longo beijo ali. Mônica estremece e dou um sorriso. Dou vários beijos rápidos no rosto e pescoço dela para depois voltar aos seus lábios. Meu corpo se arrepia com o contato do dela e a aperto mais forte, como se a impedisse de ir para longe de mim. Abro meus olhos e a encontro me olhando. Sorrimos enquanto nos beijamos e a levo para a cama.

O mundo agora está girando para o lado certo.

capítulo 12

"Muitas das verdades às quais nos apegamos dependem do nosso ponto de vista."

– Obi-Wan Kenobi para Luke Skywalker em Star Wars Episódio VI: O Retorno de Jedi

5 anos atrás

  Mais uma semana se passou e não voltei a encontrar nenhum bilhetinho até aquela quinta-feira. Era um dia normal e já estava menos intrigada com os recadinhos. Ainda mantinha a curiosidade de desvendar quem havia escrito, tentei arrancar algo de Cris, mas ela se mostrou tão surpresa quanto eu quando coloquei os papéis na sua frente.

  Procurei descobrir como era a caligrafia de João, sem sucesso. Ele não era da minha turma, nem do meu ano na escola, me aproximar de algo escrito por ele se mostrou uma tarefa difícil. Esforcei-me para convencer Fernando a pegar qualquer coisa no quarto dele, já que se tornou frequentador assíduo da casa de João e Rafael, mas meu irmão não conseguiu entender o que eu queria, então desisti.

  Com os dias se passando, minha cabeça foi ocupada por coisas mais importantes, como as provas bimestrais. Até abrir minha mochila naquela quinta-feira após o intervalo e me deparar com mais um bilhetinho.

O final da nossa história

> UM DIA, TALVEZ, ELA ENTENDERIA,
> MAS SÓ DEPOIS DE ALGUNS ANOS
> NICK HORNBY EM JULIET, NUA E CRUA

Era a mesma letra, o mesmo papel, a mesma tinta de caneta. Uma mistura de sentimentos invadiu meu corpo e a curiosidade voltou a me atacar. Eu precisava, desesperadamente, saber quem estava me mandando trechos de livros. Pelos escritos, parecia que a pessoa se declarava para mim, mas era isso mesmo? Ou alguém estava pregando uma peça e queria me deixar confusa? Seria apenas uma brincadeira de mau gosto ou alguém gostava de mim de verdade?

— Cris, de onde veio isso? — perguntei baixinho para minha amiga, que prestava atenção à aula de Português.

Cristiane pegou o papel da minha mão e sorriu.

— Que lindo! De quem é?

— E eu sei?

— Parece que você tem um admirador secreto. Que romântico! — disse ela, me devolvendo o papel.

Seria real? Eu tinha um admirador secreto? Meu Deus, eu tinha um admirador secreto! Mal consegui conter a euforia em pensar na possibilidade de alguém gostar de mim. Só faltava descobrir quem. Eu sabia que não era nenhum dos meninos da sala porque já havia analisado as letras de todos eles, de forma discreta, a partir do momento em que recebi a tonelada de bilhetes alguns dias antes.

Com isso em mente, saí da escola sozinha, já que Fernando foi para a casa de um amigo almoçar e fazer um trabalho de

História. Estava perdida em meus pensamentos quando escutei uma voz atrás de mim.

— Você deixou cair isto.

Eu me virei e vi João parado, olhando para mim e segurando um papel. Meu coração disparou na mesma hora porque reconheci a folha de caderno em sua mão. Fiquei um pouco envergonhada, imaginando que não havia guardado direito o bilhete que encontrei na mochila, até abrir o papel que ele me entregou e ver que era outra mensagem.

> E QUE UMA PALAVRA OU UM GESTO, SEU OU MEU, SERIA SUFICIENTE PARA MODIFICAR NOSSOS ROTEIROS
>
> CAIO FERNANDO ABREU EM MORANGOS MOFADOS

Senti meu rosto arder quando li aquelas belas palavras e acho que suspirei porque João deu uma risada.

— Recadinhos de amor? — perguntou ele, e não consegui diferenciar se sua voz era de deboche ou expectativa.

— Não — gaguejei.

— Pareceu que sim, você ficou vermelha.

Minha vontade era dar um empurrão nele, ou um fora, ou sair correndo para casa, mas fiquei sem palavras e ação. Por que estava agindo assim na frente dele? Antes, tinha uma resposta afiada na ponta da língua e não aguentava seu jeito metido, agora era só ele chegar perto e eu ficava muda, igual uma boboca apaixonada.

Sim, porque estava começando a ceder aos seus encantos e tinha raiva de mim por isso. Estava agindo igual às meninas da escola, que se derretiam sempre que ele passava por elas e as olhava. Eu era mais uma para sua coleção e a raiva me invadiu ao pensar nisso.

— O que você está fazendo aqui? — perguntei.

— Como?

— Você não mora pros lados de cá, sua rua é na direção oposta.

— Ah... Estou indo para a casa do Rafael — disse ele.

— E onde está o Rafael?

— Namorando na porta da escola. Ele vai me encontrar em casa. — João se aproximou e senti minha respiração ficar ofegante. Ele tirou uma mecha de cabelo que estava caindo em sua testa, jogando de lado, em um gesto que o deixou ainda mais atraente. Ele era bonito e conseguia usar sua beleza a seu favor. — Qual o propósito do questionamento?

— Nenhum.

Dei de ombros e saí andando. João surgiu ao meu lado e foi me acompanhando. Ele estava tão perto que, às vezes, sua mão roçava na minha e nossos braços entravam em contato. Toda vez que isso acontecia, uma descarga elétrica percorria meu corpo.

— Não vai me contar sobre os bilhetinhos? — perguntou ele.

— Não — disse. — Você não sabe?

— Por que deveria saber?

Boa pergunta, mas não tinha resposta para isso, até me dar conta do que ele falou.

— Espera um minuto — disse, me posicionando na frente dele, que parou de andar. — Como você sabe que tem mais de um?

— Hã?

— Você me perguntou sobre os bilhetinhos, no plural, mas só viu um, este aqui — comentei, mostrando o papel que ele me

entregara há pouco que, supostamente, eu deixara cair no chão.
— Como você sabe que tem outros?

— Dedução? — respondeu ele, fazendo um gesto e uma cara de quem não estava interessado no assunto.

— Sei. — Espremi meus olhos e levantei um dedo em direção ao rosto dele. — Vai dizer que não é você quem está entupindo minha mochila de recadinhos?

— Eu? — Ele se fez de desentendido, como se estivesse espantado, para em seguida dar seu sorriso presunçoso e aproximar o rosto do meu. — Quem sabe?

Ao dizer isso, João saiu andando e fiquei igual uma pateta, parada, tentando me decidir se pulava de alegria ou rasgava todas as mensagens que recebi.

1 ano atrás

Depois de muito tempo, consegui realizar meu sonho de ir a Nova Iorque. A ideia era visitar João no ano em que ele se mudou para lá com a família, nas minhas férias de dezembro, o que acabou não acontecendo porque meu pai resolveu aparecer e nos presentear com um feriado em família, como há anos não fazíamos. Depois meu namoro com João terminou e tive de adiar os planos para conhecer a cidade em que planejava um dia morar.

Por isso, após juntar o dinheiro da mesada e antes de começar o novo estágio na TV BR, comprei uma passagem, fiz reserva em um hotel, matei alguns dias de aula e fui para Nova Iorque na

Semana Santa. O que queria era mais tempo na cidade. Em uma semana consegui ver as principais atrações, mas não era isso o que me interessava, o lugar que fez meu coração disparar foi um ateliê no bairro de Chelsea.

 Eu havia conseguido o endereço através do site de JC Matos, o grande pintor brasileiro que se tornara a sensação de Nova Iorque em poucos meses, após um de seus quadros aparecer ocupando a parede da casa de uma famosa modelo em seu *reality show*. Fiquei um tempo andando pelo *Chelsea Waterside Park* até me acalmar, ou pensar que me acalmara.

 Comprei um *macchiato* em uma deli próxima ao píer, imaginando se ele frequentava o lugar e o que gostava de comer lá. Eu me sentei em um dos bancos, encarando a rua onde ficava a galeria, pensando se entrava ou não; João não estava na cidade, fora para Los Angeles expor seus quadros. Através de minha pesquisa na internet, descobri que agora ele mal parava em Nova Iorque, já que era muito requisitado, o que me deu coragem para visitar seu local de trabalho. A verdade é que estava curiosa para ver seus quadros ao vivo e como era a galeria onde ele vendia suas obras. Eu sabia que não conseguiria subir até o ateliê, mas só ver sua pintura já bastava.

 A entrada da galeria era normal, uma porta de vidro em um prédio antigo, mas assim que você atravessava da rua para dentro, parecia estar em outro mundo. João comprara o prédio há pouco tempo e transformara-o em seu reduto, uma grande sala de piso de mármore com paredes brancas preenchidas por quadros. Era, basicamente, uma galeria de arte contemporânea, com a maioria das obras assinada por JC Matos e algumas poucas de seus alunos. Sua fama surgira há poucos meses, mas ele já estava dando aula a poucos felizardos que conseguiam pagar alto para aprender com o gênio da pintura, como era apontado pela mídia. João devia estar amando toda aquela repentina atenção e bajulação em torno dele.

 Dei uma olhada em volta e vi algumas pessoas analisando os quadros. Parei em frente a um deles e fiquei observando, mas não entendia nada de pinturas. Apesar de namorarmos durante dois anos, não consegui aprender muita coisa, por mais que João explicasse. Só sabia que aqueles rabiscos dele custavam caro. De qualquer forma, não estava ali para comprar nada.

Depois de um tempo olhando um dos quadros, uma garota se aproximou perguntando se eu precisava de ajuda. Ela devia ter uns dezoito, dezenove anos, regulava idade comigo. Sorri e disse que só estava observando, conhecendo o trabalho do famoso JC Matos. Ela falou algumas coisas relacionadas às pinturas que não entendi e se afastou, avisando que se precisasse de algo, era só chamá-la. Fiquei mais um pouco ali, tentando imaginar João andando por aquele lugar, e fui embora. Era frustrante e ao mesmo tempo reconfortante saber que não corria o risco de esbarrar com ele.

O sol bate em meu rosto e esfrego os olhos, tentando me acostumar com a claridade. Pisco até a vista desembaçar e olho a janela, descoberta pelas cortinas. Em um rápido instante de confusão, percebo que não estou em meu quarto e dou um sorriso ao me lembrar da noite anterior, dos beijos guardados por quatro anos.

Sinto os braços de João ao redor do meu corpo e me viro para ficar de frente para ele. Com meu movimento, ele se mexe e acorda.

— Bom dia! — diz em uma voz rouca de sono, que o deixa *sexy*.

Ele me puxa para perto e me aconchego em seu peito nu, tornando o momento íntimo e sensual. Eu me sinto a mulher mais feliz do mundo em seus braços.

— Tem algo programado para hoje? — pergunto.

— Não. E você?

— Tenho aula e o estágio.

— Não pode faltar? — propõe ele, acariciando meu braço.

— A faculdade consigo deixar de ir, embora não seja o correto.

— Eu me esqueci do quanto você é certinha. — Ele beija o topo da minha cabeça e tenho a convicção de que está rindo. — E o estágio?

— Não tenho como faltar, ainda mais lutando pela vaga de correspondente internacional.

— Correspondente internacional?

Levanto meu rosto, encarando-o, e explico sobre minha intenção de completar os dois anos restantes do curso de Jornalismo fora do país.

— Estou batalhando uma promoção na emissora, tem uma vaga em aberto e a decisão deve sair em breve. Se conseguir viajar com o estágio garantido, vai ajudar nas despesas. Não posso ser contratada porque ainda não terminei a faculdade, mas posso ser mantida como estagiária. A TV BR não tem muitos empregados, nem dinheiro para contratar alguém.

João não diz nada, e não sei o que se passa pela sua cabeça. Achei que ficaria feliz por mim, mas acredito que está imaginando que, agora que me conseguiu de volta, irei fugir dele para outro país. *Mal sabe ele*, penso, mas fico calada, mantendo o suspense.

— Aonde você planeja ir?

Espero alguns segundos para responder, tentando aumentar o clima de expectativa.

— Nova Iorque.

— Nova Iorque? — João levanta uma das sobrancelhas. — Você está tentando ir para Nova Iorque? Não acredito, isso é ótimo! — Ele ficou visivelmente feliz e sua euforia me contagia.

— Sempre foi meu sonho ir para lá, você sabe disso, ainda mais depois que você foi. Com a separação, achei que tinha perdido a vontade, mas assim que surgiu a vaga na TV BR, percebi que ainda era o meu objetivo e não podia deixar passar a oportunidade, ainda mais que não há outras pessoas interessadas. A emissora tem poucos funcionários e só é preciso decidir se vão me dar ou não a vaga.

— Sim. — João fica um tempo quieto. — Espero que você consiga, de verdade. Será perfeito, você vai amar a cidade.

— Eu conheço Nova Iorque.

João me olha espantado e dou um sorriso.

— Sério? Quando você foi lá?

— Ano passado.

— Uau! — Ele se senta e permaneço deitada. — Por que não me procurou?

Eu o encaro e ele balança a cabeça. Não tinha como procurá-lo, estávamos separados há quase dois anos na época, nosso rompimento fora doloroso, não havia motivos para conversarmos.

— Fui passear, apenas uma semana. — Brinco com a ponta do lençol e não olho para ele. — Visitei seu ateliê — sussurro, fazendo uma confissão, e sinto minhas bochechas corarem.

João dá uma gargalhada gostosa e volta a se deitar, me puxando para junto dele.

— Então você conheceu meu local de trabalho.

— Sim, visitei a galeria. Queria ver seus quadros.

— E o que achou?

— Não entendo muito, você sabe disso. — Dou de ombros, mesmo estando deitada junto dele. — Mas o lugar é legal, eu gostei.

— Sim, foi escolhido a dedo. É incrível o que se consegue quando se tem dinheiro e fama. Tudo muda rápido.

— O píer ali em frente é bem agradável.

— Gosto de correr lá todas as manhãs, antes de ir para o ateliê. Mas não é o meu local preferido em Nova Iorque.

— E qual é?

João fica mudo, talvez pensando se deve ou não compartilhar comigo seu esconderijo nos Estados Unidos.

— Não sei se você chegou a ir lá, é uma extensão do *Met*, chamada *The Cloisters*.

— Sim!

Meu coração acelera ao me lembrar do lugar. Um mosteiro localizado no norte da ilha de Manhattan em uma colina perto do Rio Hudson, que se tornou uma extensão do *Metropolitan Museum of Art* no início do século passado, um ramo dedicado à arte medieval, mas que me interessou mais pela construção, que remete aos tempos dos castelos e feudos do fim da Idade Média, do que pelos artefatos que possui. Fiquei maravilhada quando fui lá e também se tornou um dos meus locais favoritos.

— Toda primeira quarta-feira do mês vou ao *Met* dar uma olhada nas exposições na parte da manhã, e depois de almoçar tomo o metrô rumo ao *The Cloisters*, já que o ingresso do dia pode ser usado para os dois museus. Ficar nos jardins dele, onde tem a horta, à tarde, admirando a estrutura do mosteiro, com sua arquitetura medieval e a bela vista que tem para o Rio Hudson, com as árvores do *Tryon Park* em volta, é totalmente inspirador e relaxante.

— Você e suas regras.

— Regras? — Ele franze a testa.

— Sim. Toda primeira quarta-feira do mês. Igual na época do colégio: toda segunda sexta-feira do mês era dia de saga *Star Wars* e toda primeira quarta-feira ia ao MAM.

— Hum... Nunca pensei em mim como um cara cheio de regras para se viver. Achei que era um espírito livre. — Ele me beija e me abraça mais forte e me aconchego em seus braços. — Não acredito até agora que você vai para Nova Iorque.

— Ainda não é certo, a emissora vai decidir esta semana.

— Existe algo que eu possa fazer para ajudar?

— Não — respondo, com sinceridade. — Mas a entrevista que você arrumou para mim já ajudou bastante.

— Que bom! — Ele me encara e meu coração dispara, como se fosse a primeira vez que me olhasse. — Até agora não consigo acreditar que tudo está dando certo.

— Você planejou direitinho.

— Sim, mas não tinha certeza de que ia funcionar.

— Mentiroso.

Ele começa a rir porque sabe que é verdade. João sempre foi um cara muito confiante, planejou sua volta, a entrevista, seus passos desde que chegara ao Brasil para me reconquistar e funcionou.

— Bom, com relação a hoje, posso ver com Louise para ligar para a TV BR e pedir que você me acompanhe em uma matéria sobre minha visita à cidade, o que acha? Assim podemos passear pelo Rio e ficarmos juntos. E ainda ajuda na sua promoção.

— Convencido — digo, rindo. — É tentador, mas não dá. Preciso mesmo ir hoje à emissora e trabalhar.

— Seria um trabalho, você conseguiria uma matéria exclusiva comigo.

— Estou falando trabalhar de verdade.

— Aposto que as outras emissoras se matariam por uma matéria dessas.

E o João metido e presunçoso de cinco anos atrás está de volta, aquele que se achava o rei do universo. E o pior é que ele está certo. Pondero a respeito de sua proposta e tento imaginar se uma matéria dessas me ajudaria a conseguir a vaga em Nova Iorque. O mais provável é que sim, uma reportagem exclusiva acompanhando o famoso JC Matos pelos pontos turísticos do Rio de Janeiro seria tudo o que a TV BR sempre sonhou, uma grande matéria para uma pequena emissora, que está sempre atrás das outras.

Começo a ficar empolgada com a ideia, algo assim ajudaria na minha promoção, mostraria que não sou apenas uma estagiária que só fica no escritório e não corre atrás das notícias. O Sr. Esteves veria minha atitude como uma iniciativa de alguém que batalha pelo seu trabalho e eu ganharia pontos perante o presidente da emissora.

— Eu teria que chamar um cinegrafista — explico e ele entende que, na verdade, o que quero falar é que não poderíamos ficar grudados, como um casalzinho de namorados apaixonados que esqueceu que há gente em volta e se beija o tempo todo.

— Aquele que veio no dia da entrevista não é confiável?

Penso em Victor e no que ele acharia disso tudo. Eu teria de abrir o jogo e contar do meu relacionamento anterior com João, ou ele não entenderia por que, da noite para o dia, passei de uma desconhecida à namorada do famoso pintor que voltou ao Brasil. Victor irá adorar a história.

— Vou ver se ele está disponível.

Eu me levanto da cama, visto uma blusa de João que está jogada na mesinha em cima do *notebook* dele e abro minha bolsa, escondida em uma das cadeiras, para pegar o celular. O quarto está uma bagunça e finjo fazer uma cara de brava, indicando as roupas espalhadas. Ele ergue as mãos, como se defendendo, e também mexe no celular. Imagino que esteja conversando com Louise.

Meu aparelho sinaliza várias mensagens de Cris, Fernando e tia Lúcia. Passo os olhos rapidamente por todas, até ver algo que me chama atenção em uma. Minhas mãos começam a tremer e me sento em uma das cadeiras, jogando as roupas de João para o lado. Ele percebe que algo está errado porque se aproxima de mim, para ao meu lado e coloca a mão no meu ombro.

— Aconteceu alguma coisa? — pergunta.

— Sim, recebi uma mensagem do Fernando. — Olho para cima e encaro João. — Meu pai voltou.

Minha voz é quase um sussurro. João tenta se manter normal, mas noto uma leve mudança em seu semblante.

— E? — pergunta ele.

— E o quê? Não sei o que significa — digo, um pouco nervosa.

— Calma. Não pode ser pior do que antes.

Arqueio a sobrancelha. Ele realmente fez este comentário?

— Do que você está falando?

— Bem, ele sempre ressurge das cinzas, não é a primeira vez.

— Incrível! — É a única coisa que consigo falar.

Balanço a cabeça e me levanto, me afastando um pouco de João. Antes que saia de perto, ele puxa minha mão.

— Ei, ei, calma. Não quero brigar com você, não agora que acabamos de nos entender.

— Sim, nos entendemos e você já está aí, fazendo comentários sarcásticos sobre meu pai.

João me puxa para mais perto e me abraça. Estou com um pouco de raiva do comentário dele, mas tento me acalmar porque não quero uma discussão agora. Nunca perguntei o que ele pensa do meu pai, mas desconfio que não seja nada bom e agradável.

— Não vamos brigar, não vamos deixar ninguém, nem seu pai, ficar entre a gente. Não agora — diz ele e me encara. Concordo com a cabeça e ele me beija. — O que acha de tomarmos café da manhã? Não aqui no hotel, em outro lugar?

Penso um pouco e tento me acalmar. Também não quero brigar agora, podemos falar do meu pai mais tarde, quando eu souber o que a nova volta dele significa e o que pretende com o retorno.

— Podemos ir ao Forte de Copacabana. Café com uma vista maravilhosa — sugiro, tentando esquecer suas palavras duras há pouco sobre meu pai.

— Perfeito.

Envio uma mensagem para Victor me ligar assim que puder e ignoro as tentativas da minha família em falar comigo. Não quero pensar em nada no momento.

Descemos até o *hall* do hotel e João segura minha mão com orgulho. Ele está feliz e eu também. Trocamos olhares apaixonados, a mágoa pelo que falou de meu pai já foi esquecida. É uma volta no tempo, mas também é um reencontro que não pensei que aconteceria e, agora que se concretizou, não quero que acabe. Parece certo estarmos juntos.

Um pouco antes de atravessarmos a porta para a rua, ainda no *hall* do hotel, ele larga minha mão e atende a uma ligação no celular. Estou ao seu lado e vejo seu rosto mudar para uma expressão preocupada, seu olhar vai de mim para a entrada do prédio. Antes que eu acompanhe o que ele observa, uma morena entra e pula em seu pescoço, dando um beijo na boca de João. Alguns *flashes* pipocam enquanto pisco os olhos e sinto como se um buraco se abrisse sob meus pés. Agora sim, parece que voltamos no tempo, quando descobri que João me traiu.

Não espero a morena soltar seu pescoço, em segundos já estou fora do hotel com meu rosto encharcado de lágrimas e o coração em um milhão de pedaços. Mais uma vez.

capítulo 13

> "Eu tenho um mau pressentimento sobre isto."
>
> – Frase dita em todos os filmes da saga Star Wars

Sabe aquele momento em que uma grande merda acontece e depois, analisando bem, você vê, percebe e tem noção do que deveria ter feito, a atitude certa a ser tomada, mas na hora você, grande imbecil que é, só consegue ficar parado sem reação?

É o que ocorre em uma fração de segundos entre eu atender ao telefonema de Louise me avisando que Giovanna está no Brasil, ela entrar pela porta, me beijar, Mônica sair do hotel e vários fotógrafos estalarem *flashes* na minha cara.

Não preciso dizer que sou o imbecil que ficou parado vendo o amor da vida sair do hotel, enquanto uma modelo italiana posa ao meu lado para as fotos. O que eu deveria ter feito era largar Giovanna e seguir Mônica, mas a situação é tão ridícula e surreal que fico desnorteado e não reajo. Ou melhor, reajo, mas tarde demais.

Puxo Giovanna e a enfio no elevador, não sei aonde devo levá-la, então sigo para o terraço, pois a conversa é particular, e o quarto é território proibido. É o local que alguns minutos atrás eu estava com Mônica.

— Você está maluca? — pergunto quando chego ao terraço. Por sorte, não há ninguém, o lugar está vazio.

— É bom te ver também.

— Sem gracinhas, Gio. O que você faz aqui?

— Minha posição de namorada diz que devo participar das suas conquistas, ora.

— Você não é minha namorada.

— Não, mas temos um acordo.

— Que já terminou.

Tento não perder a razão e gritar com ela. Somos amigos e ainda estou processando na cabeça os últimos minutos.

— Tecnicamente, nosso acordo termina no final do mês.

— Já conversamos sobre isso. — Puxo uma cadeira, me sento e percebo que estou tremendo. — Você não tem ideia da besteira que fez.

Giovanna se senta na minha frente e parece confusa. Ela é a razão do meu sucesso meteórico. No dia da *vernissage* na galeria da prima de Louise, Giovanna comprou um dos meus quadros. Ela já era uma modelo famosa e estrelava um *reality show* na TV norte-americana. Embora Gio fizesse sucesso, o público não sentiu empatia pelas pessoas que estavam à sua volta e seus amigos foram taxados de fúteis e chatos, o que fez a audiência cair.

Quando a imprensa começou a noticiar que a única coisa que salvava no programa era o belo quadro que ficava na sala da modelo, logo fui descoberto e meu trabalho ganhou uma dimensão jamais imaginada. Os principais críticos de arte elogiaram minha técnica e começaram a me comparar a Miró. Do dia para a noite, todos sabiam quem eu era e a galeria da prima de Louise começou a receber vários pedidos de compra. Minhas telas vendiam rapidamente, e me tornei o queridinho do circuito artístico de Nova Iorque.

O *reality show* foi cancelado e Giovanna me visitou um dia após o fim do programa, saímos algumas vezes, mas nunca quis algo sério e ela sabia disso. Não rolou muita química, apesar de ela ser linda e ter um corpo escultural. Passávamos a maior parte do tempo conversando e descobrimos que somos parecidos em vários aspectos, o que fez a amizade surgir e o interesse físico ir embora.

Mas decidimos manter as aparências e fingimos um namoro entre o famoso pintor e a modelo do momento, o que ajudava a atrair mídia para ambos. Combinamos de manter isso até o final de maio, mas com a minha volta ao Brasil acertada, resolvi acabar com o nosso acordo na tentativa de reconquistar Mônica.

— O que foi? — pergunta ela.

— O que foi? O que foi? Você aceitou o final do nosso acordo.

— Sim, mas apareceu uma campanha milionária e eles querem você comigo, ao meu lado.

— Eu não sou modelo.

— Pense grande, João. Se você estiver comigo, ainda há a chance de o *reality show* voltar, estão querendo mostrar nossa vida como casal.

— Não me interessa, nós não somos um casal. O que importa para mim está aqui — digo, embora não saiba mais se Mônica ainda quer me ver. — Eu voltei para reconquistar a Mônica, nada mais me interessa.

— Eu sei.

Ela sabe, o que me dá mais raiva. Além de Louise, Giovanna é a única pessoa em Nova Iorque que sabe da minha história com Mônica.

— Então por que fez isso? Ela estava ali, comigo. Finalmente consegui reconquistá-la, mas sua entrada triunfal estragou tudo.

— Desculpa, não tive a intenção. Quando te encontrei e vi aqueles fotógrafos, não pensei duas vezes, a única coisa que vinha na minha cabeça era a campanha e o programa. Você sabe o quanto sinto falta de ter meu *reality show*.

— E o que aqueles fotógrafos estavam fazendo ali?

Ela hesita e dá um sorriso que deveria mostrar constrangimento, mas sei que Giovanna nunca fica constrangida.

— Hum, talvez alguém tenha avisado que eu estava para chegar no país e te encontrar...

Suspiro e me acalmo porque a entendo. Giovanna é como eu: uma pessoa egocêntrica, que sabe o poder que sua beleza exerce nos outros e consegue o que quer. Sei que não fez por mal, apenas estava pensando nela mesma. Como sempre faço. Incrível como as coisas voltam para gente em um piscar de olhos.

Carma é algo estranho e engraçado.

— Não vou perder a mulher da minha vida para a sua campanha e o seu programa.

— Você me deve isso.

— Não, não vem falar que eu te devo por ter me tornado famoso. Eu te agradeço e ao seu programa, sempre fui grato e você sabe disso, mas não vou me render aos seus caprichos porque te devo algo.

— É importante, João.

— Nada é mais importante do que Mônica — digo, me levantando.

— E como eu fico? É algo grande, não posso dispensar. O que faço?

— Não sei. Inventa que me pegou com minha antiga namorada e grande amor da minha vida, diga que descobriu que não me ama, que sou um canalha. Faça o que quiser, mas não vou posar mais de seu namorado por causa de uma campanha publicitária. Voltei para ter Mônica na minha vida e é o que vou fazer. Se você é minha amiga de verdade vai entender, me apoiar e me ajudar — respondo e saio, antes que ela tente alguma artimanha para me convencer.

O que preciso agora é descobrir onde Mônica está.

2 anos e 6 meses atrás

 Mal podia esperar para falar com João. Da última vez, ele ficou chateado por causa da viagem de Natal que meu pai programou. Eu tentei fazê-lo compreender o quanto era importante para mim, e esperava ter conseguido.

 Depois que conversamos, fiquei pensando na reação que ele teve, e me bateu aquela angústia, seguida de medo. Não quis que pensasse que estava pouco ligando para o fato de não passar os feriados em Nova Iorque, óbvio que amaria ficar junto dele vendo a neve cair, mas precisava tentar me conectar ao meu pai.

 E ainda tinha o Fernando, que estava empolgado com a viagem, com a chance de ter o pai de volta à sua vida. Ele foi quem mais sofreu com o afastamento do papai e eu faria de tudo para ajudá-lo.

 Quando mamãe morreu e nosso pai teve um colapso nervoso e sumiu no mundo, nos deixando para tia Lúcia criar, senti que meu mundo desabou, mas foi Fernando quem ficou perdido. Ele via o pai como um herói e, de uma hora para outra, se sentiu sem rumo. Ambos nos sentimos abandonados e indesejados. Se não fosse por tia Lúcia e seu imenso amor pela gente, não sei o que seria de nós dois. E eu precisei ser forte pelo meu irmão.

 Era em Fernando que pensava conforme o vídeo abria no meu computador e a imagem de João surgia na tela. O rosto dele transmitia sono e chequei a hora, mas não era muito cedo em Nova Iorque.

 — Oi — disse. — Dormiu mal?

 — Mais ou menos — respondeu ele. — Teve festa da faculdade ontem.

 — Ah. — Não sei o que me deu, mas senti um calafrio à menção da palavra festa. Por causa dela, não havíamos conversado na noite anterior, como fazíamos todos os dias. Não era a primeira vez que João saía com os amigos, eu tentava não me importar, afinal, ele precisava ter uma vida em Nova Iorque. Só não queria que ele se esquecesse de mim. — E foi boa?

João demorou a responder, esfregando o rosto como que para acordar. Deu um gole em uma caneca de café e balançou a cabeça.

— Foi normal.

Esperei que falasse mais alguma coisa, fizesse comentários sobre o pessoal com quem estudava, como sempre acontecia, mas ele não prolongou o assunto.

— Eu queria falar com você. Quase mandei uma mensagem ontem, mas não quis estragar seu dia, não sabia como ia reagir.

João ficou alerta e se aproximou um pouco da tela do computador. Por pouco não ri da sua reação, mas estava tão nervosa que não consegui.

— Aconteceu alguma coisa? — perguntou ele.

— Não, só não queria que ficasse um mal entendido entre a gente. Estou triste por não passar os feriados de fim de ano aí, mas tenho de melhorar o relacionamento com meu pai.

— Eu sei — disse ele, parecendo ser sincero.

— Que bom! — respondi, um pouco aliviada. João ficou mais um tempo quieto. Estava estranho, mas não distingui o que havia de diferente com ele. — O que foi?

— Hã?

— Você está agindo de modo esquisito. Aconteceu alguma coisa. — Eu afirmei porque agora tinha certeza.

— Não aconteceu nada — rebateu João, mas não foi tão convincente quanto acho que ele esperava ser.

— Por favor, você prometeu ser sincero sempre que algo estivesse errado.

Ele ficou mais um tempo quieto, passando a mão pelo teclado do computador.

— Não é nada, só estou um pouco cansado. E triste porque vou demorar a te ver. Só isso.

— Jura?

— Sim.

— Não se esqueça da nossa promessa: sempre sermos sinceros, por mais que doa.

— Não vou me esquecer. Não aconteceu nada, não se preocupe. Eu te amo.

Conversamos mais um pouco sobre tudo e nada. Depois de um tempo, nos despedimos, mas a sensação de que alguma coisa não se encaixava permaneceu comigo.

Já ia enviar uma mensagem para o celular dele quando chegou uma de Cris, me mandando entrar no meu e-mail. Como o *notebook* ainda estava ligado, abri minha caixa de entrada ao mesmo tempo em que Cris me ligava.

— Abriu o e-mail? — perguntou ela, aflita.

— Não, o que é?

— Eu não sei como te contar...

— Você está me deixando nervosa, Cris, mais do que já estou. Conta logo.

— É sobre o João — disse Cris. Meu coração se apertou dentro do peito, sabia que não era boa notícia pelo tom de voz de Cristiane. — Desculpa, Mônica.

O nervosismo aumentou ainda mais e senti todo o meu corpo tremer, começando a desconfiar do que se tratava. João estava estranho e Cris também, com certeza eu não ia gostar do e-mail da minha amiga.

Mas os olhos e o coração nunca estão preparados, por mais que você já imagine aquilo. Ao abrir o e-mail de Cristiane, encontrei um vídeo de alguns garotos se divertindo em um lugar que parecia ser uma boate. A princípio não entendi o que era até reconhecer João ao fundo, conversando com uma menina. Os dois estavam muito próximos um do outro e riam de vez em quando.

Na mesma hora a palavra "festa" ressoou pela minha cabeça, enquanto meu coração trincava dentro do peito no instante em que ele beijava a morena.

— Cris... — sussurrei.

— Encontrei na internet, um amigo marcou o João e vi assim que acordei. Ainda bem que eu salvei porque um tempo depois já não estava mais lá, acho que ele apagou. Desculpa, Mônica, mas você precisava ver.

Eu precisava ver, ela estava certa. Se alguém me contasse, jamais acreditaria. Mas ali estava a prova, um vídeo incriminador confirmando que na noite anterior meu namorado farreava agarrado a uma morena.

Lágrimas desciam pelas minhas bochechas e meu coração esfarelava perante a sua dupla traição: a do corpo e a da promessa. Ele teve a chance de me dizer a verdade, mas a desperdiçou. A mentira, o fato de negar e não me contar, feriram ainda mais minha alma. A confiança foi perdida, a estrutura da relação foi abalada. Eu estava destroçada.

Desliguei o computador e suspirei aliviado. Mônica não sabia de nada, ainda bem. Quando acordei e vi aquele vídeo rodando pelas redes sociais, quase surtei. Pedi que meu amigo que postou apagasse de imediato, mas não tinha a certeza se havia sido rápido o suficiente.

Tentei disfarçar, mas ela desconfiou que havia algo estranho (suspeito?) comigo. Tudo bem, consegui esconder, ela ia pensar que era sono, cansaço. Meu namoro estava salvo, e meu arrependimento ia morrer comigo. Não devia ter me deixado levar pela fúria por ela não vir para o Natal e feito uma loucura no auge da raiva. Nunca se deve tomar decisões em momentos de irritação, cabeça cheia e bebidas no corpo. O rancor quase acabou com meu namoro e não ia suportar perder Mônica por causa de uma burrada.

Ok, prometi sempre ser sincero, mas há um limite. Se contasse a verdade, ela terminaria comigo na hora. Então, decidi mentir, ou omitir, para salvar meu relacionamento. Não repetiria o erro, não havia problema em deixar escondido o que aconteceu. Ninguém precisava saber, e a vida seguiria adiante. Jamais voltaria a ficar com outra, estava muito arrependido. Eu me sentia muito mal pelo que fiz, mas Mônica não precisava saber. Nosso amor sobreviveria a isso, e eu pagaria pelo que fiz me martirizando todos os dias em silêncio.

Ou era o que eu pensava até meu celular apitar e uma mensagem de Mônica estalar na tela.

Como você pôde fazer isso comigo?
E nossa promessa?

Acabou, não me procura nunca mais!

Li a mensagem umas cinco vezes até ter a certeza de que era real. Como descobriu?

Tentei ligar para o celular dela, mas não atendeu. Óbvio, não iria falar comigo. Enviei várias mensagens pedindo desculpas e fazendo promessas de amor, suplicando que atendesse ao telefone porque precisávamos conversar. Mandei e-mails e tentei acessar a videoconferência tanto pelo computador quanto pelo celular, mas nada.

Eu me esforcei para me convencer de que Mônica precisava de um tempo, mas qual o tempo certo para que a raiva e a mágoa de alguém passem?

Como não obtive sucesso com minha namorada, tentei falar com Cristiane, que me xingou de vários nomes, não me deixou falar nem "oi" e desligou o telefone na minha cara.

Resolvi então ligar para Rafael, meu amigo poderia me ajudar.

— Cara, que vacilo! — disse ele, assim que atendeu à minha ligação.

— Rafa, preciso de ajuda.

— Cara... Acho que você fez uma grande burrada.

— E eu não sei? — berrei.

Eu me levantei e tranquei a porta do quarto, temeroso de que meus berros trouxessem meus pais até ali. Não queria ser interrompido por eles nem por ninguém.

— Ela tá uma fera.

— Como ela descobriu?

— A Cris achou o vídeo na internet.

Eu devia ter imaginado. A melhor amiga, fiel escudeira, a que a defende e lhe mostra os erros do namorado.

— Estou desesperado, ela não atende às minhas ligações, não sei o que fazer.

— Não sei se tem algo a fazer.

— Claro que tem! Eu preciso da Mônica, preciso que ela entenda e me perdoe. Não posso imaginar a minha vida sem ela. Eu a amo, você sabe disso. Apesar de tudo, eu a amo — disse, quase chorando.

— Talvez dar um tempo... Sei lá. Posso sondar o território e ver o que tá pegando.

— Faça isso — concordei e desliguei.

Fiquei o resto do dia no quarto, deitado na cama, me amaldiçoando por ter ficado com outra. E praguejando contra Cristiane por ter encontrado o vídeo na internet. Por que ela precisava fuçar minhas redes sociais? Não podia ficar quieta no próprio canto, cuidando da vida e do namorado? Estava me sentindo péssimo, arrasado. Por que me deixei dominar pela raiva e fiz isso com a mulher que eu amava? Como alguém pode ser tão burro e se deixar levar por algo momentâneo?

Não recebi muitas mensagens de Rafael naquele dia nem nos dias seguintes. Conforme o tempo foi passando, meu amigo se afastou, e Mônica se tornou algo distante. Não consegui falar com minha namorada, mesmo insistindo, tentando de todas as formas uma comunicação com ela. Implorei para meus pais me deixarem ir ao Brasil, mas eles não pagariam uma passagem internacional só para o filho se desculpar de uma burrada. Não acreditavam quando eu dizia que Mônica era a mulher da minha vida e que estava sofrendo porque a amava de verdade.

Aos poucos fui percebendo que não havia muito o que eu podia fazer se Mônica não queria me ouvir. Tentei de tudo, mas precisei aprender duramente que o tempo é o melhor remédio. Eu precisava me concentrar nos estudos e aguardar o melhor momento para tentar reconquistar meu grande amor.

De modo algum desistiria de Mônica.

capítulo 14

"Só o seu ódio poderá destruir-me."

– Darth Vader para Luke Skywalker em
Star Wars Episódio V: O Império Contra-Ataca

Ao chegar na Universidade da Guanabara e encontrar Cris me esperando no estacionamento, eu me sinto um pouco mais calma. Assim que saio do carro, ela me abraça e choro em seu ombro até encharcar a manga do seu vestido. Não preciso dizer nada, ela sabe o que estou sentindo, esteve ao meu lado três anos atrás, quando algo semelhante aconteceu. Cris também não precisa dizer nada, sei que estava certa o tempo todo sobre João: ele não presta.

— Que barra, amiga! — diz ela, quando a solto.

— Devia ter imaginado.

— Não havia como. Ele pareceu tão sincero, até eu caí na conversa dele.

Eu me sento no banco do motorista do meu carro, que está aberto. Cris fica parada ao lado da porta, me olhando e vejo pena em seus olhos. Tenho a certeza de que ela vê dor e mágoa nos meus.

— No caminho do hotel para cá fiquei pensando se tudo não passou de uma mera vingança.

Cris franze a testa e balança a cabeça. Ela se abaixa na minha frente e segura minhas mãos.

— Ninguém é tão bom ator assim, Mônica. Não acredito que ele tenha planejado tudo.

— Será? Não sei mais o que pensar.

— Também não sei, é tudo tão estranho e... sei lá... idiota?

— Por isso mesmo. É tudo tão bobo, tão estúpido que não duvido que tenha planejado. Anos atrás eu não o escutei, não o perdoei. Vi o vídeo que você me enviou e nunca mais falei com ele.

— Mas é tempo demais para se guardar rancor. E é uma vingança muito tola.

O celular de Cris apita várias vezes e, embora ela ignore, chega um momento em que faz um sinal e pega o aparelho, se afastando para fazer uma ligação, e sei que é para Rafael. Ao voltar, Cris fica calada e está escrito na cara dela que João acionou seu amigo em uma tentativa de falar comigo. Isso me dá um fio de esperança de que tudo não foi em vão.

— Era o Rafael? — pergunto, já sabendo a resposta.

— João está vindo para cá.

Eu me levanto e sinto o coração disparado, mas não sei se é de raiva ou indignação. Pego a chave do carro, que estava dentro da bolsa.

— Não quero vê-lo.

Faço menção de ir embora, mas Cristiane segura meu braço.

— Espere e converse. Ele despencou de Copacabana para o Recreio só para falar com você. Não acredito que o João atravessaria quase a cidade toda se fosse uma simples vingança.

As palavras dela me convencem a ficar, mas não a perdoar. Estou machucada como estive anos antes. João faz as coisas e não pensa nas consequências, em quem vai magoar, não pode ficar me usando como está fazendo, como fez antes. Sou humana, sinto e sofro e tenho o direto de ficar com raiva.

Ainda estou em um intenso conflito interno quando ele chega. Vejo-o saindo de dentro do carro e meu coração fica pequeno. Ele está sofrendo, isso é visível, mas também estou e deixo que perceba. Não me importo que veja as lágrimas rolarem pelas minhas bochechas, meus olhos inchados e vermelhos e meu rosto torcido pelo rancor.

— Por favor, Mônica, me escuta! — diz ele ao se aproximar.

Cris balança a cabeça e se afasta um pouco, mas ficando visível para nós dois. É uma mensagem de que está próxima para me acudir caso precise. Sei que ele não vai fazer nada físico, João não é disso, mas se eu desistir de escutá-lo e quiser sair, ela vai ajudar.

— Não sei se há algo para ser dito.

— Claro que há! — diz ele, um pouco alto, e depois tenta se acalmar. — Não vou deixar isso como há três anos, desta vez você vai me ouvir. Pode não entender ou perdoar, mas vai me ouvir.

Ele está firme e quase gosto deste novo João, que se impõe e mostra o que quer, que decide lutar por mim e não está disposto a me perder como o João de tempos atrás.

— Estou escutando — digo.

Ele mexe no cabelo castanho escuro e chuta uma pedrinha que está no chão. Olha para mim, e a tristeza em seu rosto me faz vacilar um pouco, mas preciso me manter firme. Mesmo que eu o perdoe, não será fácil, ele precisa entender que não pode me magoar sempre, há muito em jogo.

— Não tenho nada com a Giovanna, somos apenas amigos.

— Não é o que pareceu.

João suspira em uma clara tentativa de manter a paciência. Eu estou provocando-o e ele não quer entrar no jogo.

— Nós nos envolvemos há um tempo, saímos juntos, mas virou mais amizade do que qualquer coisa. Como estávamos os dois solteiros, e era bom para nossas carreiras que a mídia nos visse juntos, decidimos fingir por alguns meses. Fizemos uma espécie de acordo de namoro falso.

Dou uma risada, que ele entende como sarcasmo, mas não é. O jeito que falou, o que disse é tão patético, que chega a ser engraçado, não me controlo. Parece um roteiro de um filme em que um jovem de quinze anos contrata a garota bonita da escola, que precisa de dinheiro, para fingir ser sua namorada.

— Tá.

— É sério, estou falando a verdade. Não tenho nada com ela, voltei para mostrar que ainda te amo, te reconquistar e ter você de volta, não menti quanto a isto.

— João, tudo parece um pretexto, uma invenção de um péssimo romance.

— É a verdade! Não sei como fazer você entender, posso trazer a Giovanna para te dizer tudo. Estou abrindo meu coração e quero saber como você está, o que pensa disso tudo e se há alguma chance de a gente se entender.

— Eu não sei, estou me sentindo péssima. A impressão que tenho é a de que tudo foi uma grande vingança por causa de três anos atrás.

— Pelo amor de Deus, isso é ridículo! — grita João, incrédulo. — Depois de tudo o que fiz para te ter de volta?

— O que você fez, João? — pergunto, enfrentando-o. — Você apenas voltou para o Brasil, arrumou uma entrevista comigo e ficou me rodeando e reconquistando seus antigos amigos. Você não fez nada, muito pelo contrário, ainda estragou um relacionamento meu que estava indo bem. Não acredito que terminei com o Pedro por sua causa.

— Você tem noção do que está falando? Isso é tão incoerente, uma insensatez sem tamanho que não sei nem o que dizer.

Ele está certo, ou pode estar. A situação toda é absurda de um ponto de vista, mas como saber qual parte é a verdadeira, a correta, a real? Como saber se João ficou ou não anos remoendo mágoas e rancor?

Ele esfrega o rosto e depois passa as mãos várias vezes no cabelo. Ainda está tentando se acalmar, e tento parar de chorar.

Passo os dedos pelo colar que ele me deu, lembrando-me da promessa que fizemos. MLSEJ. Mesmo longe, sempre estaremos juntos.

— Não sei o que pensar, estou triste e machucada. Você tem me decepcionado há algum tempo, nem sempre é a pessoa que eu espero — digo, para feri-lo. — Preciso organizar minha cabeça e meus sentimentos. Uma hora você é o cara mais maravilhoso do mundo, em outra quebra meu coração. E ainda há a volta do meu pai. É coisa demais acontecendo.

— Ah, pelo amor de Deus, não vai deixar seu pai atrapalhar a gente, né? — grita ele e eu me assusto. — Esse cara só ferra a sua vida e agora vai ferrar com a gente?

Estou chocada com as palavras de João. Imagino que ele esteja machucado, mas não pode descontar em mim.

— Você está louco? Apesar de tudo, ele é meu pai!

— Um péssimo pai, por sinal. — Ele me encara. — Nunca foi seu pai e acha que agora vai ser? Voltou para dar um fio de esperança a vocês e depois vai embora, deixando todo mundo devastado, como sempre fez.

— Parece até alguém que conheço — devolvo, com rancor.

Quero que ele sofra e quero ser má e percebo que talvez eu é que esteja me vingando. Tudo o que estava entalado na garganta sai. Sinto a necessidade de castigá-lo com palavras e fico com raiva, porque neste momento nada mais surge em minha cabeça.

Ele se aproxima de mim e segura meus braços com determinação.

— Eu te amo, Mônica. Meu Deus, eu te amo como nunca amei ninguém. Eu te amo tanto que dói só de pensar em não te ter ao meu lado.

Suas palavras me balançam, mas tento me manter firme, preciso ser forte. Não lhe respondo, apenas o encaro em tom de desafio. Depois de um tempo, ele solta meus braços e algumas lágrimas escorrem por sua bochecha. Ele está derrotado e isso faz com que me sinta um pouco melhor.

— Não sei se consigo acreditar — respondo, como uma punhalada final em seu peito. Ele me olha como se o que falei fosse a última coisa que esperava ouvir.

— Eu vou fazer com que acredite — diz e se afasta.

Saio de perto de Mônica, porque se ficar mais um pouco e escutar alguma outra asneira, sou capaz de perder a cabeça e falar mais coisas das quais irei me arrepender. Como ela pode achar que fiquei anos maquinando uma vingança tão besta e mesquinha? Não me conhece de verdade? Qual idiota faria isso com a mulher da vida dele? E precisava ficar com tanta raiva por eu ter dito a verdade sobre o babaca do pai dela? Devia ficar irritada com ele, não comigo.

Dirijo sem rumo e quando vejo estou no Grajaú. Não percebi que fiquei tanto tempo dentro do carro nem que vim parar no meu antigo bairro, mas é aqui que me encontro, uma pessoa sofrida procurando o conforto do lar.

Paro em frente à casa de Rafael e desço, agradecendo por meu amigo ter um emprego fora do normal e trabalhar em seu quarto.

— Foi tão ruim assim? — pergunta ele, quando entro.

Ainda bem que seus pais e sua irmã não estão em casa. Yoda me recepciona abanando o rabo, e pego o cachorro no colo, abraçando-o. Piegas demais, eu sei, mas sinto um pouco de conforto no gesto.

— Foi. Ela não consegue escutar o que tenho a dizer, já formulou um plano mirabolante de retaliação na cabeça.

— Bem...

Rafael se senta na mesa da sala, em frente ao *notebook*, e eu me jogo no sofá, querendo que o mundo acabe, com Yoda ao meu lado lambendo meu braço. É bem provável que Cristiane já tenha dado o serviço completo ao namorado via telefone.

— Por que as mulheres adoram criar teorias na cabeça e não se apegam ao simples fato de que tudo é preto no branco? — digo, me sentindo frustrado.

— E você pergunta para mim?

— Ela não entende que eu a amo? Que não a magoaria de novo? O que a Cristiane comentou disso tudo?

Olho Rafael, que não diz nada e analisa sua unha do dedão minuciosamente. Depois de um tempo, constata que não há escolha e precisa me responder. Ele suspira.

— Cara, não me mete nas suas confusões. Não de novo.

— Mas você é meu amigo, precisa me ajudar.

— Não quero ficar entre você e a Mônica porque no meio existe a minha namorada. Estou bem e, se a Cris tomar partido, você sabe que ficarei ao lado dela.

Quase me levanto para sacudi-lo e perguntar em que momento da vida ele deixou de ser homem para ser capacho, quando a porta da rua é aberta, e Cristiane entra, me encarando com raiva.

— De novo, João? — diz ela.

— Que bom que você chegou! — respondo, sendo sincero. Preciso convencer Cristiane, para que ela convença Mônica, e para ter Rafael do meu lado. A chave de tudo é a melhor amiga da minha garota.

— Oh, não venha tentar me conquistar.

— Mas é isso mesmo que vou fazer — brinco, tentando descontrair o ambiente. Cristiane desaba no outro sofá.

— Esse drama todo nunca vai ter fim? Você sempre vai aprontar alguma?

— Eu não fiz nada!

Depois de um tempo consigo convencer Cristiane a escutar minha versão. Ela se mantém durona, mas aos poucos vai cedendo conforme argumento. Consegue ver que toda a história é ridícula demais para ser uma grande mentira, que só pode ser uma imensa verdade.

Estou ganhando metade do jogo e me acalmo, porque agora Cristiane está praticamente certa de que amo Mônica e tudo foi um engano bobo.

Pelo menos uma vitória no dia de hoje.

— E o que você quer que a gente faça? — pergunta Cristiane.

— Quero que me ajudem.

— Como? — Ela olha Rafael, que dá de ombros, como quem diz que a decisão é dela.

— Não sei. Como antigamente? Preciso que Mônica perceba que a amo. Já planejei algo para a exposição, porque não tinha a certeza de que a teria antes. Mas agora que tudo desandou, não sei.

Cristiane encara Rafael e os dois ficam se olhando durante um tempo. Quase tenho a impressão de que estão conversando através do pensamento. Depois de alguns minutos intermináveis, ela me encara.

— Tá, a gente te ajuda. Mas se você sair um milímetro da linha, já era.

— Não vou decepcionar vocês.

— Espero que não. Bom, eu tenho uma ideia — diz Cristiane, se levantando e se sentando ao meu lado.

Ao chegar em casa, encontro na mesa da sala um bilhete de tia Lúcia, que saiu e volta mais tarde. Não consigo entender aonde ela foi, minha vista está embaçada de lágrimas e as letras do papel dançam na minha frente.

Escuto música vindo do quarto de Fernando e ando rápido para o meu, evitando encontrá-lo, mas não sou veloz o suficiente, e ele surge no corredor antes que eu alcance minha porta.

— O que foi? — pergunta, ao me ver.

— Nada — digo, e tento entrar no meu quarto, mas ele se coloca na minha frente, me impedindo.

— Como nada? Seu rosto está vermelho e você está chorando.

— Fernando, por favor...

— Foi ele, não foi? Como você pode ser tão burra para cair na lábia do João de novo? Eu sabia que ele ia te fazer sofrer.

— Não diz isso — grito, assustando-o. A verdade é que estou com raiva por ter caído na conversa de João, e mais irada por Fernando falar desse jeito comigo.

Minha raiva o surpreende e ele sai da minha frente. Consigo entrar no meu quarto, e Fernando vem atrás.

— Desculpa, mana. Não quis ser grosso.

— Tudo bem. — Jogo minha bolsa no chão e deito na cama. Fernando fica em pé, parado, como se não soubesse o que fazer.

— Recebeu minha mensagem?

Olho meu irmão por alguns instantes, desorientada, até me lembrar da outra confusão na minha vida.

— Papai está de volta.

— Sim — diz ele. — Não veio aqui, mas ligou e falou com tia Lúcia. Ela foi encontrá-lo para conversar.

— O que ele quer?

— Quem sabe?

Fernando dá de ombros e imagino que esteja sofrendo. A ausência de papai sempre o afetou mais do que a mim. Na verdade, o que me afeta é o sofrimento do meu irmão.

— Quer falar sobre o assunto?

— Acho que não. — Ele continua parado aos pés da minha cama. — Você quer falar? Digo, sobre ele ou o João.

— Não, não quero falar sobre nada, nem pensar em nada. Quero apenas ficar sozinha.

— Tá — diz ele, mas não se move.

— Está tudo bem, só preciso descansar.

Fernando ainda permanece no lugar, talvez decidindo o que fazer.

— Precisa de algo? — pergunta e minha vontade é de pedir uma máquina do tempo.

— Não. Só quero dormir um pouco.

Ele se abaixa, pressiona minha perna, como quem diz que tudo vai ficar bem, e sai do quarto. Eu choro por ter me iludido e perdido a aula por causa de uma traição que me deixou sem condições de ir ao meu estágio. Estou triste por ter deixado João me usar e me magoar, por ter acreditado nele e pensado que nosso amor era forte o suficiente para superar tudo e que agora seria diferente, por ter largado Pedro para algo que parecia a realização de um conto de fadas. Não sei o que fazer.

capítuLo 15

> "Eu estava começando a me perguntar se você havia recebido minha mensagem."

– Obi-Wan Kenobi para Anakin Skywalker em
Star Wars Episódio II: Ataque dos Clones

3 anos atrás

    Nunca fui uma pessoa masoquista, mas desde que recebi o e-mail de Cris com a prova da traição de João não parei de assistir ao vídeo. Devia ter excluído da minha caixa de entrada, mas algo me impediu. A todo o momento abria e olhava aquela cena, dele conversando com a morena e depois os dois se beijando, e começava a chorar.

    Tia Lúcia não sabia mais o que fazer para me ajudar, e Fernando só xingava João. Ele também estava decepcionado, se sentindo traído pelo amigo e ídolo. E eu só queria que a dor passasse, mas ela não ia embora.

    João tentou falar comigo, sem sucesso. Fiquei com tanta raiva que, só de pensar em ouvir sua voz, sentia uma imensa repulsa. Eu apaguei as mensagens que enviou pelo celular sem ler, até que chegou uma hora em que bloqueei seu número. Não aguentei suas ligações e recados na caixa postal; o melhor era não nos falarmos nunca mais.

    Também não abri os e-mails que me mandou, foram direto para a lixeira, e, assim como o telefone, decidi bloquear seu endereço eletrônico. O ideal era não ouvir mais nada sobre ele.

Não quis saber de sua vida, o que fazia ou com quem andava. João estava morto para mim.

Repassei nossa conversa em minha cabeça várias vezes, tentando entender o motivo de não me contar a verdade. Ele sabia que eu ficaria chateada, mas talvez não terminasse o namoro. Estávamos longe e não sei dizer qual seria a minha reação se tivesse sido sincero e dito o que aconteceu. Talvez o perdoasse, talvez não, mas a mentira, o fato de ter me enganado e quebrado a promessa da sinceridade doeu fundo, e isso eu jamais desculparia.

Cris vinha até minha casa todos os dias no final da tarde. Ela dizia que me ver apenas de manhã no colégio não era o suficiente. Sei que estava preocupada comigo e fiquei feliz com sua atenção.

Rafael se manteve um pouco distante no início, parecia não saber lidar com a situação. A amizade dele com João pesava muito, mas aos poucos se aproximou e ajudou Cris a me animar e a fazer com que eu me distraísse da dor. Com isso, ficamos mais íntimos, e a ligação entre nós três aumentou. Ele se tornou uma extensão de Cris, sabendo praticamente todos os meus segredos e sentimentos. Até tentou ajudar João, mas deixei claro que não queria saber daquele traíra, e Rafael nunca mais falou dele.

Depois de um tempo, fiquei sabendo que ele não conversava mais com o antigo amigo e me senti um pouco responsável, mas Rafael esclareceu que foi uma decisão sua. Era normal se afastar, já que João estava em outro país, mal dando notícias nas últimas semanas. Infelizmente, tudo culminou para que ele se afastasse, mas talvez fosse melhor assim.

Depois de um tempo, a ausência de João foi suprimida por novos amigos e alguns relacionamentos passageiros com outros carinhas que conheci. A distância, aliada à dor e à decepção, pode ser eficaz quando se está machucada.

5 anos atrás

Eu me assustei ao acordar com tia Lúcia entrando no meu quarto. Ela nunca precisou me chamar de manhã, por isso no momento em que a vi abrindo a porta, meu sangue gelou. Pensei que algo tivesse acontecido com papai ou Fernando, e só me acalmei quando ela acendeu a luz e reparei na caixa em suas mãos.

— Olha o que chegou para você! — disse, se sentando na beira da minha cama. — Vamos, abre, estou interessada em saber o que é.

Sempre foi impossível guardar segredos de minha tia, tão curiosa que beirava o cômico. Eu não me importava, na ausência de mamãe era legal ter alguém com quem compartilhar certas alegrias e tristezas.

— Calma, tia.

Eu me sentei na cama e peguei a caixa das mãos dela. Era um embrulho normal, todo branco. Tirei a fita que a envolvia e levantei a tampa e a visão encheu meus olhos de alegria. Havia uma grande quantidade de chocolates espalhados, de vários tamanhos, formatos e sabores.

— Que ótimo café da manhã — comentou tia Lúcia, e comecei a rir, pegando um chocolate. Ela me acompanhou.

— Tem um papel aqui — disse, reparando pela primeira vez no cartãozinho que estava pregado no verso da tampa da caixa.

— Hum, e diz o quê?

Abri o cartãozinho rosa e reconheci a mesma caligrafia dos bilhetinhos com trechos de livros. Meu coração disparou ao ler o que estava escrito:

∽ O final da nossa história ∾

> Quer ser minha namorada?

Senti meu rosto arder de vergonha e felicidade ao mesmo tempo. Meu peito subia e descia rápido por causa da respiração ofegante.

Mostrei o cartão para tia Lúcia.

— Que lindinho, de quem é?

— Não sei.

— Como não sabe?

— Não sei quem é, a pessoa não assinou.

— Ué, e como espera que você dê a resposta?

Também não sabia, mas tudo bem. Eu tinha um admirador secreto, como disse Cristiane, e esse admirador me encheu de belas mensagens vindas de livros lindos e agora queria ser meu namorado. Não me importava quem era ele, estava feliz por ser amada por alguém. Às vezes, a felicidade é trazida para nossa vida de forma tão simples!

Ao chegar na escola, fui mostrar o cartãozinho para Cris, que ficou fazendo conjecturas sobre quem podia ser. Depois vim a descobrir que ela sabia e havia ajudado a pessoa, mas naquele dia minha amiga disfarçou bem ao citar uma lista de possíveis pretendentes.

Apenas um nome piscava na minha cabeça: João Carlos. Tentei perceber se era ele, mas João não olhou para mim naquela manhã, nem foi até a biblioteca me encher a paciência. No final do dia, cheguei à conclusão de que estava me iludindo; não foi ele quem havia mandado os bilhetes nem os chocolates. Isso me frustrou:

uma parte de mim esperava que fosse, e fiquei com raiva também por ter me deixado levar pelo charme que ele tinha.

Saí da escola apressada, Fernando ficou enrolando e conversando com uns amigos e o deixei para trás. Estava triste, de verdade, e só queria ir para casa ficar no meu quarto trancada, longe de tudo e de todos.

Quando estava quase chegando ao meu prédio, escutei a voz de João me chamando. Eu me virei e o vi, lindo, vindo atrás de mim. Meu coração disparou e percebi que não era mais a mesma Mônica de antes, imune à sua presença.

— Que pressa! — disse ele, ao se aproximar de mim. Estava um pouco ofegante e jogou a mochila no chão, abrindo-a.

— O que foi? — perguntei, tentando ser seca.

Ele não se abalou e sorriu para mim, tirando uma caixinha de dentro da mochila.

— Qual é a resposta? — perguntou, me entregando a embalagem.

Quando abri, meu coração foi na boca e uma euforia percorreu todo o meu corpo. Minhas mãos tremeram ao segurar a caixinha com os mesmos tipos de chocolates que recebi mais cedo. Era ele o meu admirador secreto!

Encarei João, que sorriu para mim, o sorriso mais lindo do mundo. Apesar das minhas pernas bambas, eu o abracei e o beijei, dando a ele minha resposta.

É difícil definir o que é felicidade, mas depois de um tempo, se alguém me perguntasse por um momento feliz, seria aquele. O beijo de João era envolvente e de tirar o fôlego. Em um determinado momento, abri os olhos mais por instinto do que por qualquer outra razão. Acho que queria observá-lo. Quase no mesmo instante, ele também abriu os dele e ficamos alguns segundos nos encarando, o que tornou o beijo ainda mais intenso. Eu sorri e ele também, fechei os olhos e voltei para a minha felicidade.

∽ O final da nossa história ∾

Depois de sair da casa de Rafael e entrar na de Cristiane, quase dou meia volta. Ela já está na cozinha com o arsenal preparado. A ideia do bolo foi dela, não sei nem fritar um ovo, quem dirá fazer algo mais sofisticado. Encaro a batedeira, farinha, manteiga, ovos, leite e um monte de outras coisas e o desânimo bate forte.

— Não é mais fácil comprar pronto? — sugiro, e Cristiane me fuzila com o olhar, como se eu tivesse proposto invadir um país amigável.

— Não tem o mesmo valor do que um feito por você. Pare de ser molenga — diz, me entregando um avental.

— Até parece que vou usar isso.

— Tudo bem, você é quem vai ficar sujo mesmo.

Ela ameaça colocar o avental em cima da mesa e eu o pego. Sei que estou ridículo usando a vestimenta porque Cristiane ri e tira várias fotos com o celular, dizendo que é para garantir uma chantagem futura.

— Por onde começo? — pergunto, perdido.

Cristiane pega o caderno de receitas e vai me instruindo, várias vezes brigando comigo. Em algum ponto da mistura, uma colher de pau surge em sua mão e ela acredita que o uso do artefato para bater em mim funciona como um milagre. Eu gemo e esfrego as partes do meu corpo acertadas pela colher, na dúvida se a punição está funcionando com precisão ou se ela está apenas se divertindo ao me bater.

Depois de lambuzar a assadeira de manteiga e farinha (*tem que untar direito!*, grita Cristiane no meu ouvido), despejo a massa na forma, deixando um pouco cair fora. A distribuição não está uniforme e ganho mais algumas colheradas no braço até acertar tudo. Enfio o tabuleiro no forno e marco o tempo. Será uma hora infinita até o bolo ficar pronto e eu me ver livre de Cristiane.

Vamos para a sala esperar e passamos alguns minutos em um silêncio desconfortável e constrangedor. Não temos assunto, o que nos liga na atualidade é Mônica e fico com medo de pronunciar o nome dela, até chegar um momento em que não aguento mais e pergunto:

— Será que ela vai amanhã?

— Na inauguração da exposição? Duvido muito.

— Nem parece que hoje de manhã ela estava nos meus braços. Como poucas horas mudam tudo?

— Quer mesmo que eu responda?

Balanço a cabeça e olho o relógio. Quase oito horas da noite, meu celular explode de mensagens de Louise e a preguiça de responder é grande, mas aproveito o tempo que tenho de matar na casa de Cristiane para atualizar *Minha Mágica* dos últimos acontecimentos. Ela não fica muito feliz com meu sumiço e pede que não me meta em mais nenhuma enrascada depois do que aconteceu de manhã. A vontade é de responder que já me meti na pior possível, mas deixo passar.

— Quem diria que seu namoro ia durar tanto — digo, mais para provocar Cristiane do que por acreditar nas minhas palavras. Desde que Cris e Rafael ficaram juntos que todos sabiam que o relacionamento era para valer. — E pensar que, se não fosse por mim, talvez vocês nunca teriam conversado.

— Você já falou isso, vai ficar repetindo todas as vezes em que nos encontrarmos? Como pode ser tão convencido? Não cansa, não?

Começo a rir do jeito de Cristiane e fico feliz porque consegui provocá-la.

— Estou brincando, é bom ver que deu certo. Pelo menos

um dos namoros — respondo, agora com tristeza ao pensar na minha segunda separação de Mônica.

— Ninguém manda não fazer direito o trabalho de homem apaixonado.

— É isso mesmo que você pensa?

Cristiane faz um bico com a boca e coloca uma almofada no colo, que começa a alisar.

— Não. Sei lá, você gosta dela, isso é fato, e ela de você. Mas em algum momento você sempre faz uma besteira.

— Não tive culpa agora. Mônica está sendo muito radical. Não custava nada ela entender.

— Sim, pode ser. Mas você também tinha de tocar no assunto do pai dela? Isso não ajudou muito.

— Ah, Cris, qual é? Até você precisa concordar que o cara nunca foi um pai de verdade para os dois.

— Concordo, mas certas coisas não precisam ser ditas, não é? Uma coisa é saber, outra é escutar a verdade de alguém que você ama. Dói.

Fico calado, remoendo as palavras de Cristiane. Talvez eu tenha pegado um pouco pesado, mas meu sangue ferveu só de imaginar que o pai de Mônica ressurgiu das cinzas para atrapalhar de novo nossa relação, e não consegui me conter.

— Você o conheceu?

— Quando era pequena, mal me lembro dele. O que me lembro é de quando Mônica perdeu a mãe e dele sumindo.

— O cara me dá raiva, viu, é um babaca que nunca ligou para os filhos e só aparece nas horas mais impróprias. Foi assim anos atrás e está sendo agora.

— É sério que você está dizendo que o pai dela voltou para se colocar entre vocês? — Cristiane dá uma risada sarcástica. — Por favor, né, João, o mundo não está girando para te atrapalhar, nem tudo é por sua causa.

— Eu sei, só queria que a Mônica tivesse a certeza de que a amo de verdade.

— É bom que você a conquista de novo. Uma mulher gosta de saber que está sendo valorizada, gosta de ser conquistada.

Levanto uma sobrancelha perante o comentário de Cristiane. Ela está jogando alguma indireta? Bem, a minha intenção é mostrar para Mônica o quanto a amo, então não me importo se ela vai se fazer de durona. Não vou desistir, não desta vez. O João de dezenove anos já era, agora estou no mesmo país que ela e posso reconquistá-la mais fácil. Voltei para isso e não vou embora enquanto não tiver a certeza de que Mônica entendeu o quanto a amo e o quanto preciso dela na minha vida.

Desta vez, Mônica não me escapa.

Após infindáveis minutos, o bolo fica pronto e vem a parte mais difícil: cortar vários pedaços em formato de coração. Imploro para Cristiane fazer isso, mas ela continua repetindo a frase de que preciso fazer tudo sozinho, para que o presente tenha valor. Na minha cabeça, amaldiçoo até sua última geração enquanto me dá mais colheradas por ter feito corações tortos. Tento brincar que é como o meu está neste instante, mas ela não gosta muito da comparação.

A última etapa é composta pelos bilhetinhos. Cristiane pega alguns papéis e me faz cortá-los milimetricamente do mesmo tamanho, de modo que formem pequenos cartões. A colher continua em sua mão e penso se ela não se ofereceu para me ajudar apenas com a intenção de me bater.

Escrevo as frases que fiquei pesquisando na casa de Rafael antes de ir para lá, durante o tempo em que Cristiane providenciava os ingredientes do bolo. É uma aposta, nada garante que isso vá amolecer o coração de Mônica mais uma vez, mas não custa tentar.

Quando se está desesperado para ter o seu amor de volta, tudo vale a pena, por menor que seja a tentativa.

capítuLo 16

"Você não pode fugir do seu destino."

– Obi-Wan Kenobi para Luke Skywalker em
Star Wars Episódio VI: O Retorno de Jedi

Sabe aquele momento em que você se sente a pior pessoa do mundo? É como me sinto agora. Posso mudar isto e voltar para os braços de João, mas pondero se é o que quero. Acho que sim, mas só de pensar parece como se estivesse traindo a mim mesma. Preciso ser forte e não ceder tão fácil.

É a segunda vez que João brinca com meus sentimentos.

Cristiane me ligou quando foi para casa e contou sua conversa com ele. Eu até acredito que possa estar falando a verdade, mas passar pela mesma situação duas vezes é algo aterrador. Desejo que lute por mim, sim, qual o problema nisso? Quero me sentir querida e saber até onde ele pode chegar para me ter de volta. Estou arriscando, pagando alto, mas se ele não fizer por merecer, talvez seja melhor assim. Se não lutar para me ter de volta, é porque minha vida será melhor sem João. Sou orgulhosa, mas também quero ser amada e valorizada, não há mal nisso.

Estou quase me preparando para dormir, sem saber se conseguirei pegar no sono, quando tia Lúcia bate na porta do quarto. Ela entra e se senta na cama, de frente para mim.

— Conversei com seu pai.

— Fernando me contou.

Tia Lúcia fica calada, talvez medindo as palavras que vai usar.

— Ele quer tentar mais uma vez e quer conversar com vocês.

Suspiro alto e balanço a cabeça negativamente.

— Não sei, tia. Ele não pode fazer isso com a gente. Não pode aparecer e sumir como se fosse algo normal. Nós temos sentimentos.

— Ele também tem.

— Não parece — digo e me arrependo na mesma hora. É o irmão dela, sinto como está sofrendo por ele e pela gente, mas no momento estou quebrada, destroçada. Não sou uma boa companhia e não tenho a menor condição de medir as palavras. — Você falou com o Fernando?

— Sim, ele disse que vai pensar sobre se encontrar com seu pai.

— Eu prometo pensar também — sussurro.

Eu me sinto pequena por Fernando. Sei o quanto ele queria um relacionamento com nosso pai. Eu também quis, mas depois da última vez, quando ele sumiu após voltarmos das férias na Serra Gaúcha e a morte de mamãe completar dez anos, eu simplesmente desisti dele. Desisti de me iludir, de acreditar que um dia ele agiria como nosso pai. Aquela ocasião foi a pior de todas porque foi a primeira vez em que baixei a guarda e realmente acreditei que papai tinha vindo para ficar. Por causa dele, eu desisti de passar o Natal com João e perdi meu namorado.

Balanço a cabeça novamente, para espantar os pensamentos porque a culpa de nossa separação foi única e exclusiva de João, e tia Lúcia entende como se eu estivesse recriminando Fernando.

— Ele ainda tem esperanças. E acho que agora vai ser diferente — diz ela, mas acho que também não acredita nas próprias palavras.

Penso em falar algo, mas Fernando entra no meu quarto com uma caixa nas mãos e volto no tempo para cinco anos atrás, na época em que João me pediu em namoro.

— Ele veio aqui? — pergunto, adivinhando que a caixa é dele. Não sei explicar, mas a sensação de *déjà-vu* me diz que João deixou um presente para mim.

— Não, foi a Cris. Acho que ele não teve coragem de subir. — Fernando me entrega a caixa.

— E ela não veio me ver?

— Disse que é para você fazer isso sozinha, que depois vocês conversam — responde meu irmão. Ele encara tia Lúcia e sai do quarto, mas ela permanece onde está.

— Quer que eu fique aqui? — pergunta tia Lúcia, sem ameaçar se levantar da cama.

Percebo que ela deseja ficar, tia Lúcia é curiosa demais para saber depois do que se trata, mas neste momento quero ficar sozinha.

— Depois te mostro — respondo, como se me desculpasse por expulsá-la do quarto.

Espero que saia e só então tiro a tampa da caixa em cima da minha cama. Colado ali há um envelope, que abro já imaginando o que encontrarei. E não me decepciono: vários cartõezinhos na conhecida caligrafia. João voltou a ter dezessete anos e está me reconquistando como fez anos atrás.

Só que desta vez os cartões estão numerados, há uma ordem a ser seguida, a qual obedeço:

> ESSE, MEU AMIGO, FOI O SEU APOGEU.
> NADA TÃO BOM JAMAIS ACONTECERÁ
> COM VOCÊ OUTRA VEZ
>
> NICK HORNBY EM JULIET, NUA E CRUA

~ O final da nossa história ~

> CADA UM COMETE SEUS PRÓPRIOS
> ERROS E APRENDE COM ELES
>
> ISABEL ALLENDE EM A ILHA SOB O MAR

> MENOS PELA CICATRIZ DEIXADA,
> UMA FERIDA ANTIGA MEDE-SE MAIS
> EXATAMENTE PELA DOR QUE PROVOCOU
>
> CAIO FERNANDO ABREU EM MORANGOS MOFADOS

> NÃO SEI QUE PALAVRA PODERIA
> EXPRESSAR AGORA A SOBREPOSIÇÃO E
> CONFUSÃO DE SENTIMENTOS QUE NOTO
> DENTRO DE MIM NESTE INSTANTE
>
> JOSÉ SARAMAGO EM O HOMEM DUPLICADO

> INJUSTIÇA É O MUNDO PROSSEGUIR ASSIM MESMO
> QUANDO DESAPARECE QUEM MAIS AMAMOS
>
> MIA COUTO EM UM RIO CHAMADO TEMPO, UMA CASA CHAMADA TERRA

> PORQUE ONDE TODO O AMOR EXISTE,
> NÃO HÁ NECESSIDADE DE PALAVRAS. É TUDO.
> É IMORTAL. E SE BASTA
>
> DIANA GABALDON EM A VIAJANTE DO TEMPO

> NÃO POSSO RESPONSABILIZAR NINGUÉM
> PELO DESTINO QUE ME DEI. COMO ÚNICO
> RESPONSÁVEL, SÓ EU POSSO MODIFICÁ-LO.
> E VOU MODIFICAR
>
> FERNANDO SABINO EM O ENCONTRO MARCADO

Leio e releio várias vezes os cartões com lágrimas escorrendo pelo meu rosto. As palavras são lindas e noto que as frases formam uma mensagem. João está dizendo, através de citações de livros, que entende a burrada que fez, vai me reconquistar e me ama. Estou feliz, ele está disposto a lutar por mim, a mostrar o quanto sou importante em sua vida. Eu me sinto egoísta e eufórica por saber que nem tudo está perdido.

Abro a caixa e é a constatação do que sinto no momento. Vários pedaços de bolo de chocolate partidos em formato de coração preenchem a embalagem. Ele me ama.

5 anos atrás

Era o primeiro dia em que eu ia para a escola como namorada do João e estava nervosa. Já imaginava os olhares tortos de inveja das meninas, mas não me importava. Ele havia conquistado meu coração e ninguém ia tirar isso de mim. João era meu e eu era dele e esperava ser feliz nesse relacionamento. Esperava ter anos de alegria pela frente, sem nenhum obstáculo no caminho.

Devemos ter cuidado com o que desejamos, nem sempre acontece como planejado.

No primeiro dia de aula como namorado de Mônica fiz algo que jamais havia feito por Bianca: fui buscar minha garota em casa para chegarmos ao colégio juntos. Precisava admitir: estava apaixonado.

Tudo começou como uma brincadeira, queria conquistá-la porque era a única na escola que não dava bola para mim.

Acontece que Mônica mostrou ser tão envolvente que acabei sendo conquistado também. Ela era uma garota especial, que estava com um cara especial. Éramos o casal do momento, a dupla a ser invejada. Rafael e Cristiane que aprendessem a ficar em segundo plano, o posto do casal perfeito seria nosso.

— Olá, namorada — disse, assim que ela saiu do prédio e se aproximou de mim.

— Oi — respondeu Mônica, com as bochechas coradas, o que a deixou adorável.

Aproximamos nossas bocas e minha respiração ficou ofegante, os batimentos cardíacos estavam acelerados. Como uma menina podia fazer isso comigo?

Repeti o gesto do dia anterior, quando demos nosso primeiro beijo, e abri os olhos, mas Mônica mantinha os dela fechados. Pelo canto do olho, vi Fernando parar ao nosso lado e pigarrear.

— Fala, moleque — disse, soltando Mônica.

Ele sorriu, feliz por eu estar ali, ser o namorado de Mônica e seu cunhado.

Fomos andando para o colégio, Fernando um pouco à frente e Mônica e eu de mãos dadas, com os dedos entrelaçados.

— Qual o melhor super-herói? — gritou Fernando.

— Batman, claro — respondeu Mônica, antes de mim.

— Batman? — perguntei, espantado.

— Sim. Ele não tem poder algum, mas tem os melhores brinquedos — gritou Fernando, abrindo os braços e saindo correndo como se usasse uma capa invisível. Ele foi até a esquina e parou para nos esperar, e fiquei pensando se a obsessão do menino por super-heróis se devia à ausência de uma figura paterna em sua vida.

— Ele deu a resposta — comentou ela.

— Sim. Batman é o melhor mesmo — disse. — Mas só porque o Han Solo não é considerado um super-herói.

— Lá vem você falar de *Star Wars*.

— A gente podia assistir hoje lá em casa, o que acha? Nunca assistimos juntos — comentei, pensando na minha ideia. Gostaria de ver nossos filmes preferidos juntos.

— Sim — disse Mônica, com os olhos brilhando. — Sabia que você me lembra o Solo?

— Lindo e irresistível? Habilidoso e o melhor piloto da galáxia?

— Não, convencido, metido e arrogante.

Comecei a rir das palavras dela, agora ditas de modo diferente de quando começamos a nos falar, meses atrás no colégio. Não me dava mais foras, estava elogiando, de certo modo. Eu me encaixava na descrição e era quase uma honra o que ela falou.

— Se eu sou o Solo, você é a Princesa Leia.

— O casal perfeito — comentou Mônica, tirando as palavras da minha boca. — Sempre gostei dela. Quando pequena, era a única princesa que eu desejei ser.

— Sério?

— Acho meio chato esse lance de princesa ter de ficar trancada em um castelo, com vestido de festa e esperando o príncipe encantado chegar. A Leia põe a mão na massa, como diz minha tia Lúcia. Se ela quer algo, vai lá e faz, corre atrás, defende seu povo, não fica esperando. E o príncipe encantado dela não é nada convencional.

— Não, não é — respondi, imaginando como Mônica ficaria vestida de Princesa Leia.

Nós nos aproximamos de Fernando na esquina, e passei o braço pelos ombros de Mônica, abraçando minha namorada. O calor de seu corpo era extremamente reconfortante.

Não estava apenas apaixonado por ela, estava atraído de uma tal forma que chegava até a doer. Ainda não sabia o que todos aqueles sentimentos significavam, só sabia que estava adorando ter Mônica ao meu lado.

O dia seguinte a um rompimento é sempre o pior. Na hora em que acontece, você fica anestesiada, sem saber o rumo que tomar, parece que é um pesadelo. Mas no dia seguinte o sol nasce e há a constatação de que é tudo real. A dor é mais forte, ou a gente acha que é.

Eu me olho no espelho e minha imagem está péssima. Pelo menos assim todos na TV BR vão achar que passei mal de verdade ontem. Mais uma vez não fui até a Universidade da Guanabara, não tinha condições físicas e psicológicas para assistir à aula e encontrar a turma animada com a aproximação do fim de semana. Eu me sinto pior ainda, nunca gostei de faltar à escola e agora à faculdade. João vivia me chamando de "dona certinha", mas tento ser responsável com meus estudos. E gosto de lá, ao contrário dele. Acho o clima bom e meus colegas são divertidos. Pensando nisso, começo a ponderar se não teria sido uma boa ir para me distrair, mas aí volto a me ver no espelho e tenho a certeza de que o melhor foi ficar em casa mesmo. Se o pessoal me visse, ia iniciar um questionamento para saber o que aconteceu e é bem provável que eu começasse a chorar.

Chego na TV BR e vou direto para minha mesa. Quero trabalhar e esquecer a visão que tive ontem de uma mulher pulando no pescoço de João, mas isso é impossível. Assim que ligo o computador e inicio o navegador da internet, meu coração se quebra mais um pouco, se é que tem como. Uma foto da cena da modelo italiana beijando João estampa o site da emissora. Fico chocada, olhando aquela imagem. Por que tudo tem de remeter ao que senti três anos atrás? Será que algum dia abrirei o computador e enxergarei algo que não seja João beijando outra mulher?

A raiva volta a invadir meu corpo e a manchete *"Descoberta musa secreta do famoso pintor JC Matos*" não ajuda. João não coopera para que eu volte para seus braços. Apesar da demonstração fofa da noite anterior, a impressão que tenho é de que ele dá um passo para frente e dois para trás. Confiança é algo difícil de readquirir e a minha ainda está abalada.

Fecho o site no momento em que Anete se aproxima da minha mesa.

— Como você está? Melhorou? — pergunta ela, mas assim que vê meu rosto, leva a mão à boca. — Nossa, você está com uma aparência péssima.

— Eu sei.

— Nem devia ter vindo hoje aqui.

— Preciso trabalhar — digo e noto que ela está diferente. — Aconteceu algo?

— Sim! — diz Anete, eufórica. — Consegui a vaga para Londres!

Eu me levanto e a abraço, feliz por minha amiga. Sei o quanto Anete lutou por isso, o tanto que ela deseja ir para a Inglaterra. É mais ou menos o que quero para mim.

— Que notícia boa! Você merece. Parabéns.

— Ah, aproveite e vá falar com o Sr. Esteves, ele ficou te esperando ontem. Parece que a vaga de correspondente internacional em Nova Iorque foi preenchida também — comenta Anete.

Meu Deus, mais uma notícia ruim? Será que quando tudo está indo errado, mais alguma coisa pode sair do eixo? Não vou parar de ficar triste e decepcionada?

Sigo rumo à sala do meu chefe com todo o desânimo do mundo. Já me preparo para escutá-lo falando que a vaga foi para outra pessoa, e minha cabeça tenta achar um plano B para minha graduação-sanduíche.

O Sr. Esteves está ao telefone e faz sinal para que eu me sente na cadeira em frente à sua mesa. Não demora muito e encerra a ligação e me encara, se encostando na cadeira e cruzando as mãos atrás da cabeça.

— Espero que esteja melhor.

— Sim — digo, embora não me sinta melhor.

— Bom, bom. Ontem fiquei sabendo sobre o seu pedido para ir para os Estados Unidos. Parece que você tem agradado no trabalho que vem fazendo aqui, então a vaga é sua.

Fico incrédula, mal acreditando no que acabei de escutar. Entrei na sala dele pensando que seria descartada e agora descubro que consegui a promoção, vou para Nova Iorque com um estágio. Meu sonho está se realizando e percebo a ironia do universo ao me dar tanto o que desejei e, ao mesmo tempo, fazer meu coração se quebrar.

— Nem sei como agradecer — respondo, porque não sei o que falar.

— Mérito seu, mérito seu. E aproveitando para falar do seu trabalho, que tal tentar uma matéria com a namorada do tal pintor que você entrevistou?

Levanto a sobrancelha, espantada. Ele realmente quer que eu entreviste aquela mulher? A vontade é de gritar e falar algumas coisas, mas permaneço quieta. Acabei de conseguir uma promoção, não quero que ela seja revogada.

— Bem... Não tenho contato com ele e também não é muito a minha área. Por que não tenta com a Patrícia? Acho que ela adoraria fazer esse tipo de matéria.

— Sim, sim, vou tentar, era só uma ideia, já que você entrevistou o rapaz — diz o Sr. Esteves, pegando o telefone e me expulsando da sala com um movimento da mão.

Volto para minha mesa e sei que será mais um dia de trabalho perdido, mas desta vez é por um bom motivo. Não consigo pensar nem fazer nada, o que ocupa minha cabeça é minha ida para Nova Iorque. Estou eufórica, animada e empolgada, tudo junto, todos os sentimentos bons surgem dentro de mim de uma vez só.

capítulo 17

"Você está partindo meu coração! Está escolhendo um caminho que eu não posso seguir!"

– Padmé Amidala para Anakin Skywalker em Star Wars Episódio III: A Vingança dos Sith

Eu aproveitei cada momento desde que a minha volta ao Brasil foi confirmada e agora que o dia da exposição chegou, o meu grande dia, não consigo curtir mais nada.

Minha cabeça está pesada, o peito apertado, estou triste, me sentindo uma droga de pessoa e a vontade é de ficar enfiado no hotel o dia todo. Consigo isso até o final da tarde, quando Louise faz o que nunca fez antes: bate na porta do meu quarto.

Abro e ela exibe uma careta no rosto.

— Você está um lixo — diz, entrando.

— Obrigado, você está linda.

Fecho a porta e me sento na cama. O quarto está ainda mais bagunçado do que nos dias anteriores, mas não me importo. Nada importa.

Louise olha ao redor, talvez tentando encontrar uma peça de roupa limpa.

— Você já devia estar quase pronto.

Dou um suspiro alto e a encaro. Louise usa um vestido longo e está bonita de verdade, com o cabelo ruivo preso no alto da cabeça, o que a faz parecer mais jovem.

— Eu tenho mesmo de ir?

— Vou fingir que não escutei isso. — Ela vai até o armário e encontra a roupa que comprou para eu usar no primeiro dia da exposição: uma calça social preta e uma blusa de malha de manga comprida, também preta. O visual completo do artista sedutor. — Vá tomar um banho e se arrumar. E se reclamar, eu te ponho debaixo do chuveiro — ameaça, o que surte efeito porque me levanto.

— Teve notícias de Gio?

— Ela conversou comigo, agendou uma entrevista para esta noite, quase no mesmo horário da exposição. Vai dizer que veio atrás do ex-namorado para dar apoio a ele, mas o encontrou com sua grande paixão, o amor da adolescência. Não vai se fazer de vítima, nem te desmerecer, vai mostrar que está levando numa boa e torcendo por você e Mônica. A campanha publicitária está assegurada, mesmo sem você ao lado dela, então é o mínimo que ela pode fazer.

— O que ela veio fazer aqui então? Estragar a minha vida? Atrapalhar meu namoro?

Louise me olha, incrédula.

— Nem tudo gira em torno de você. Ela veio pensando somente nela mesma, o programa é algo importante e você sabe disso. Eu precisei entrar no meio e ajudá-la, convenci os produtores de que você a largou para vir atrás da sua paixão da adolescência e de que agora ela está com o coração partido. Eles adoraram e vão explorar isso no programa. Ela não sabia que a campanha estaria certa sem você, só ficou sabendo no final da manhã de hoje, quando eu e a empresária dela conseguimos convencer a empresa de que uma modelo de coração partido, mas que deu a volta por cima, seria a melhor escolha.

— Ah, que bom que serei o malvado da história — digo, um pouco magoado, mas não muito. — Espero que isso não afete as vendas dos quadros.

— Claro que não. Infelizmente as pessoas adoram um *bad boy*.

Fecho a cara para Louise.

— Se soubessem da verdade, eu não seria considerado uma pessoa má, que destrói o coração de uma bela mulher.

— Não — ela concorda. — Mas as pessoas gostam de um *bad boy*, não de um esnobe.

Eu a olho com um pouco de espanto.

— Gio é uma boa garota — comento, para acalmar Louise, e jogo minha camiseta no chão. Ela torce o nariz para meu gesto, eu não ligo. Fico um tempo encarando *Minha Mágica*. — Será que ela vai? — pergunto ao passar por Louise e não preciso dizer a quem me refiro.

— Você não quer a minha resposta — diz, confirmando o que meu coração teme: o mais provável é que Mônica não vá.

— Que droga de vida! — reclamo, indo em direção ao banheiro.

— Pobre menino rico e famoso. Ninguém te ama, não é mesmo? — ironiza.

É a deixa para eu calar a boca e me enfiar no chuveiro.

5 anos atrás

Às vezes o mundo gira de uma forma estranha. E às vezes a garota marrenta que você jurou conquistar, só para provar que é o gostosão do pedaço, arrebata seu coração e te deixa sem rumo.

Estava com Mônica havia dois meses, mas pareciam anos. Não me cansava de observá-la, abraçá-la, beijá-la. Estava enfeitiçado, virei um bobão, um clichê de comédias românticas, e o pior de tudo é que estava adorando essa sensação.

Como isto aconteceu comigo e como permiti? Logo eu!

Mônica fazia meu coração disparar só de olhar para mim, e eu sentia a necessidade de retribuir tudo, então continuei a conquistando sempre.

Adorava dar chocolates de presente, o grande vício dela, e deixar bilhetinhos com trechos de livros escondidos em suas coisas, como fiz antes do início do namoro.

Nunca fui um leitor assíduo, mas o Google me ajudou de tal forma que nunca imaginei ser possível. Através de várias pesquisas, encontrei tudo o que precisava: frases que se encaixavam com diferentes situações, momentos e sentimentos que estávamos passando. Não me importava mais que ela soubesse que eu estava apaixonado. Não me importava que o mundo soubesse, queria esfregar na cara de todos que era um homem feliz e realizado e tinha a garota perfeita comigo.

Queria que todos me invejassem.

Durante o intervalo, ficávamos juntos, conversando, namorando. Ela me contava sobre suas aulas, o que estava sentindo, seus problemas e sonhos. Tinha dias em que não falávamos nada em especial, apenas comentávamos sobre música, filmes e séries de TV. Em outros, ela me explicava a história de um livro que estava lendo, e eu adorava esses momentos em que Mônica apenas narrava algo para mim.

E tinha dias como aquele, em que estava feliz e queria que ela soubesse. Eu não era muito bom em falar, como Mônica fazia, então escrevia bilhetinhos. Fiquei *expert* nisso e ela adorava recebê-los. De vez em quando os dava pessoalmente, outras vezes, escondia para que ela encontrasse.

Naquela oportunidade, resolvi escrever na aula de Física um trecho que encontrei na internet:

> **QUEM TEM MEDO DA INFELICIDADE
> NUNCA CHEGA A SER FELIZ**
>
> MIA COUTO EM VENENOS DE DEUS, REMÉDIOS DO DIABO

Era uma forma de deixar claro que eu não tinha medo da felicidade e que ela era a razão por esse sentimento ter tomado conta de mim.

Queria dar o bilhete de uma forma especial, por isso convidei Mônica para ir comigo até a Praia de Ipanema. Foi a primeira de muitas vezes em que pegamos o metrô juntos e andamos de mãos dadas pela orla carioca.

O clima estava agradável na Avenida Vieira Souto e, depois de um tempo, decidimos nos sentar em uma das mesas dos vários quiosques do calçadão para tomar água de coco. Coloquei a cadeira de Mônica ao lado da minha, passei meu braço em volta dos ombros dela e entreguei o bilhete, surpreendendo-a. Mônica desdobrou o papelzinho, leu e me olhou, sorrindo.

Encostei meus lábios no ouvido dela, o coração acelerado, e sussurrei:

— Estou completamente apaixonado por você.

Ela me olhou de uma forma que fez meu corpo inteiro se arrepiar, e a única coisa que queria era agarrá-la como nunca, mas estávamos em público, então me controlei. O calor dos seus lábios junto aos meus me deixou ainda mais desnorteado, um beijo era pouco para mostrar o quanto eu a amava.

Aquele foi o primeiro momento em que me dei conta de que Mônica era a mulher da minha vida e eu a queria ao meu lado para sempre.

Quando volto para casa, no final do dia, só quero me enfiar no quarto e sair de lá quando estiver me sentindo bem. Minha cabeça dói quando entro no elevador, não consigo parar de pensar na minha promoção, em papai e João. Não sei se papai tem jeito, nem sei se quero saber tudo o que ele falou para tia Lúcia. Ontem ela me disse que ele queria um reencontro, mas não contou mais nada sobre o que conversaram.

Com relação a João, a raiva está dissipando. Ele me ama, embora tenha me magoado com ações e palavras, mas ele é assim, não vai mudar. E se estou entrando em um relacionamento, não posso esperar que mude, não quero isso, não quero alguém que fica fingindo ser o que não é por minha causa. Não fiz isso anos atrás, não é agora que vou fazer.

Sei que sou vulnerável a ele, mas somos bons juntos, apesar dos pesares. Fomos felizes durante dois anos e quero ter aquela alegria de volta à minha vida. Nosso amor sempre foi forte, incontrolável e emocionante. Só que ainda estou magoada e acho que não apenas por esta semana; me enganei dizendo a mim mesma que as feridas de anos atrás estavam cicatrizadas, mas a verdade é que não estão. Elas ainda fazem parte de mim, ainda doem e comandam meus sentimentos.

Enfio a chave na porta ainda pensando em João e tenho uma surpresa quando entro no apartamento. A sala está tomada de lindos buquês de flores azuis, minha cor preferida. Fico parada um tempo, olhando aquela cena bela e bizarra até tia Lúcia surgir.

— Nossa casa virou uma floricultura — diz ela, contente, e me entrega um envelope pequeno. — São para você.

Não preciso abrir para saber que foi João quem enviou.

Agora me sinto a garota mais feliz e sortuda do mundo. Ele está conseguindo colar os caquinhos do meu coração e, quem sabe?, talvez com o tempo reestruture a confiança que tinha nele. Não resta dúvida de que me ama de verdade e espero que isto seja o suficiente para impedir que me magoe de novo.

Pego o envelope e vou para o quarto. Sinto que tia Lúcia esperava que eu lesse na sua frente, mas quero ficar sozinha e curtir meu momento. Coloco minha bolsa em cima da cama e me sento.

João adotou mesmo o sistema de me encher de bilhetinhos, adoro isso. Abro o envelope, encontro um papel que exala o perfume de João e reconheço de imediato a letra dele.

> MÔNICA, NÃO SEI MAIS COMO PROVAR QUE VOCÊ É A MINHA GAROTA E QUERO TE TER AO MEU LADO. VOU EMBORA AMANHÃ E ESPERO QUE ME PERDOE, PORQUE SÓ DE PENSAR EM SAIR DO PAÍS NESSA SITUAÇÃO, ENTRO EM DESESPERO. TUDO QUE FIZ FOI PARA TER VOCÊ DE VOLTA. SE VOCÊ ME DER UMA ÚLTIMA CHANCE, VOU PASSAR O DE SER SEU, VOU PASSAR TODOS OS MEUS DIAS MOSTRANDO QUE VOCÊ PODE CONFIAR EM MIM. AINDA TENHO ESPERANÇAS DE TE VER HOJE NA EXPOSIÇÃO. EU TE AMO!
>
> J

Começo a chorar de felicidade. Neste momento, ignoro todos os meus outros problemas e só me lembro do namorado que, por dois anos, me fez a garota mais feliz do mundo.

capítulo 18

"Você falhou comigo pela última vez."

– Darth Vader para Almirante Kendel Ozzel em
Star Wars Episódio V: O Império Contra-Ataca

Chega a hora da exposição no início da noite e não é bem como imaginei. Na minha cabeça havia a perfeita imagem de Mônica ao meu lado, sorrindo para os convidados como minha namorada.

O Museu de Arte Moderna do Rio de Janeiro parece zombar de mim em sua grandiosidade. Desço do carro e olho o edifício no Parque do Flamengo, com aviões passando ao fundo, cruzando o céu escuro para pousarem no Aeroporto Santos Dumont, e tudo parece surreal. As estruturas vazadas integradas com o entorno do prédio de forma magistral contrastam com meu humor. Era para eu estar vibrando de empolgação. É o que meu rosto mostra para os fotógrafos que estão me esperando. Por dentro, estou destruído de amor. Esta é a ocasião pela qual esperei desde que fui embora do Brasil: o instante em que volto no topo, o famoso pintor, o filho ilustre, aquele que mostra a todos que é possível viver de pintura e arte. Que irônica é a vida!

Entro no saguão principal acompanhado por Louise e paro para respirar fundo. Ela segura meu braço e aperta de leve, como que para me incentivar a continuar. Lá dentro, vários convidados estão espalhados, olhando meus quadros, comendo canapés e bebendo champagne. Alguns me cumprimentam, mas não presto atenção ao que falam, apenas olho em volta, tentando encontrá-la na multidão, sem êxito.

~ O final da nossa história ~

Louise indica uma repórter acompanhada por um cinegrafista e cochicha em meu ouvido para eu ser educado nas respostas. Normalmente sou simpático, costumo me comportar, só que hoje, devido ao meu mau humor, ela sente receio de que eu vá dar uma patada na jornalista.

— O que você pode dizer aos fãs brasileiros sobre esta belíssima e nova coleção? — pergunta a repórter.

Encaro a câmera que joga uma luz forte em meu rosto e sei que é a minha chance. Não tenho a certeza de que Mônica assistirá, mas preciso arriscar.

E quero que o mundo saiba que a amo.

— Bem, é uma coleção da qual me orgulho muito. Todo artista diz que seu novo trabalho é o melhor, porque ele espera que o atual supere o anterior. Hoje, a única coisa que posso dizer é que esse talvez não seja meu melhor trabalho, embora espero que vocês achem que é — digo, sorrindo e jogando charme para a garota e para a câmera. Ela dá uma risadinha afetada. — A verdade é que todos os quadros que estão aqui foram inspirados em uma única pessoa. Minha musa inspiradora, a mulher da minha vida, a razão pela qual voltei ao Brasil.

— Uau, mas que revelação! Você está falando da Giovanna Spagolla?

— Não, Gio é apenas uma grande amiga. Estou falando de Mônica, meu amor da adolescência. É ela que eu amo e sempre amei, a minha inspiração. É por ela que voltei e foi pensando nela que fiz estes quadros — respondo, sem citar o sobrenome de Mônica. Ela merece um pouco de privacidade, embora tenho a certeza de que em pouco tempo alguns jornalistas irão fuçar a minha vida e descobrir quem é a minha musa. — Desejo que todos aproveitem a noite — finalizo, antes que a repórter me pergunte mais alguma coisa ou queira saber onde Mônica está, e saio de perto dela.

Consigo me desvencilhar de um bando de desconhecidos,

que me parabenizam e elogiam meus quadros. Encontro alguns amigos antigos de meus pais, dos quais não me lembro de nenhum, e preciso falar que ambos estão bem, curtindo a vida nos Estados Unidos.

Depois de algumas trocas de amenidades avisto meus amigos, Rafael e Cristiane. São os únicos rostos que me trazem alívio, além do de Louise, mas perdi *Minha Mágica* há muito tempo para os jornalistas que estão presentes e querem me entrevistar.

— Ela está aqui? — pergunto para os dois.

— Oi para você também, parabéns pela exposição, que bom que está feliz porque viemos te prestigiar — alfineta Cristiane.

Tento sorrir, mas hoje estou sem paciência para suas gracinhas e ironias.

— Ainda não chegou — responde Rafael, talvez percebendo que eu ia dar uma resposta nada amistosa para sua namorada.

O desânimo bate forte e quero gritar, mas engulo a tristeza e poso para fotos ao lado dos meus amigos.

— Ela vem? — cochicho com Cristiane, enquanto fazemos pose de pessoas bem-sucedidas e contentes para os fotógrafos.

— Não sei. De verdade. — Ela olha ao redor e sussurra em meu ouvido. — Mônica conseguiu a vaga para o estágio de correspondente em Nova Iorque.

Satisfação não é bem o que sinto. Talvez uma mistura de alegria, tristeza, expectativa, fantasia e ilusão. Todos os sentimentos contraditórios juntos, todas as sensações me envolvem ao saber que a mulher da minha vida passará os próximos anos na mesma cidade que eu. Penso se não era a chance que precisava e uma centelha de esperança surge dentro do meu peito.

— Bem... Não custa esperar, ela ainda pode aparecer aqui.

Cristiane me olha com tanta pena, o que só faz com que me sinta ainda pior. Converso com os dois por mais alguns minutos, mas a falta de privacidade me incomoda muito. Todos em volta estão tentando prestar atenção ao que falamos e o fato de ficar sussurrando com meus próprios amigos me desanima.

Peço licença a eles e ando sem rumo, me esquivando das pessoas. Estou me sentindo sufocado e saio da galeria. É difícil, mas consigo escapar pegando meu celular e fingindo que preciso atender a uma ligação importante.

A noite devia ser especial, Mônica deveria estar aqui comigo, mas estou só, desolado. Chego ao lado de fora do MAM e olho a Baía de Guanabara. O cenário é perfeito e, se isso fosse um filme ou um livro, Mônica apareceria agora na minha frente, usando um vestido lindo e com o cabelo voando com o vento.

Mas quem aparece não é ela, é Fernando, que se aproxima de mim com um sorriso presunçoso no rosto.

— Como é fazer papel de trouxa na frente de todos? — pergunta ele.

— O quê?

— Anunciar para os quatro ventos que Mônica é o grande amor da sua vida, que tudo isso é para sua ex, mas ela não está aqui.

Ele fica me olhando e o sorriso sarcástico de vitória ainda ocupa seu rosto. A vontade é de socá-lo, mas não me mexo. Eu não tinha visto Fernando lá dentro, não imaginei que estava por perto na hora em que a exposição começou.

— Pensei que você nem iria aparecer — digo, porque estou tão chocado ao concluir que ele se transformou de alguém que me amava para uma pessoa que está amando ver minha derrota.

— A Gabi gosta de artes.

— Ah.

Ele dá de ombros e fico ainda mais chocado por não ter enxergado a namorada árvore de Natal dele lá dentro.

Eu balanço a cabeça sem ter um motivo e fico de costas

para Fernando, olhando novamente o mar. Estou me sentindo tão péssimo que não quero que ele me veja neste momento.

Não quero dar a ele ainda mais o gostinho de comprovar meu sofrimento.

— Ela não vem — diz e escuto seus passos se afastando de mim.

Minhas bochechas são tomadas por uma cachoeira de lágrimas.

A exposição está acontecendo neste instante e estou aqui, na escuridão da noite, em frente ao MAM, decidindo se entro ou não. Estou pronta, usando o vestido que comprei para o momento especial de João, mas toda vez que penso em entrar, eu me lembro das palavras dele sobre meu pai.

Sei que João está certo, ele nunca foi um pai de verdade, pelo menos desde a morte de mamãe, mas é o meu pai, como disse tia Lúcia.

Algumas pessoas passam por mim, indo em direção ao museu; ninguém me nota, o que agradeço. Tento enxugar minhas lágrimas ao perceber Fernando e Gabriela vindo em minha direção. Meu irmão se aproxima, deixando a namorada um pouco afastada.

— O que você vai fazer? — pergunta.

— Não sei.

— Ele gosta de verdade de você — diz, mas sem reprovação na voz, o que me surpreende. Desde que João me traiu, Fernando começou a nutrir uma raiva enorme por ele.

— Sim. E eu dele, você sabe disso.

— E por que não o perdoa?

— É complicado. Ele já me traiu, me magoou e quebrou a confiança que eu tinha nele. Fico pensando se não haverá outras surpresas quando chegar em Nova Iorque.

— O problema é que você tem medo de sair ferida mais uma vez.

— Sim, não sei se as pessoas mudam. Fico pensando no papai — comento e paro para respirar. — Ele nos abandonou, sumiu no mundo. Anos depois voltou com a promessa de que estava mudado e tudo seria diferente, passaria a fazer parte de nossas vidas e seríamos uma família de novo. Até completar dez anos que mamãe se foi e ele surtar e nos abandonar mais uma vez. E agora volta... Você se encontrou com ele?

— Vou me encontrar amanhã. Quer ir?

— Não sei. — Fico em silêncio. — Às vezes acho que não tenho mais nada para resolver com ele, outras penso se ainda devo lhe dar uma nova chance. Sei que ainda te machuca essa confusão que é a nossa vida sem papai.

— E se ele tiver mudado?

— Não aguento mais encontrá-lo, escutar promessas vazias para sumir depois. Papai deveria ser uma página rasgada da minha vida, acredito que ainda possa mudar, mas tenho medo de estar errada e, ao mesmo tempo, é difícil colocar um ponto final na história.

— Ainda quero dar mais uma chance a ele.

— Eu te entendo.

— E o João?

— Acho que ainda quero dar mais uma chance a ele — repito as palavras que Fernando falou há pouco e dou um sorriso.

Ele entende meu ponto de vista, também foi largado pelo papai, sofreu comigo, teve o coração partido e não se recuperou. Ele também teve a confiança em João quebrada e abalada e não se recuperou.

— Você sabe que não gosto dele, mas sei que ama muito você — diz e percebo que fala sobre João. — Não concordo com as coisas que fez, mas sinto que está disposto a mudar e está tentando provar isso. Se vai conseguir, é outra história. Eu fui até a exposição como uma forma de me vingar, queria ver a cara dele ao perceber que você não apareceria.

Fernando faz uma pausa e aperto sua mão, dando-lhe apoio. Fico feliz em ver meu irmão mais novo me defendendo, seu gesto me remete à época em que eu fazia isso por ele no colégio.

— Não é errado querer ver alguém que nos magoou em uma condição pior — digo. — Somos humanos e o fato de a pessoa passar por uma situação ruim é uma forma de amenizar as coisas.

— Sim, entendo o que você quer dizer. Eu não queria ser assim, vingativo, mas confesso que me deu prazer vê-lo sofrendo hoje, na noite que deveria ser de alegrias. Ele te magoou e mereceu. Mas também fiquei pensando no quanto está se martirizando, é visível sua tristeza e decepção porque você não está lá. Não estou te dando permissão para viver sua vida como você quer, é a sua vida e jamais farei isso. O que quero dizer é que vou te apoiar no que decidir e você merece ser feliz.

— Mesmo que seja com o João? — pergunto, sentindo o coração disparar.

— Mesmo que seja com o João — responde Fernando, enquanto mexe no celular. — Você precisa ver isso. Aconteceu há pouco na exposição.

Ele me entrega o aparelho e um vídeo de João dando uma entrevista começa a rodar. Eu o vejo e sinto o coração apertado mais uma vez, mas ao ouvir suas palavras uma sensação toma conta de mim. Um soluço escapa de meu peito e Fernando me abraça forte. Tento segurar as lágrimas, mas é impossível. Ele anunciou para todos que me ama, que sempre me amou.

Encaro meu irmão, que balança a cabeça, como se me desse coragem, e olho sua namorada, que se aproxima.

— Que a força esteja com você — diz Fernando, e começo a rir, em um misto de alegria e alívio.

Os dois sorriem de volta e se afastam, me deixando na solidão da noite e na confusão dos meus pensamentos.

A noite toda é uma droga sem fim. Tento aproveitar, mas não consigo me conectar às pessoas ao meu redor. Eu me sinto um derrotado e só quero ir embora para o hotel me afogar em bebida.

Louise conseguiu me impedir de encher a cara na minha própria exposição. Acho que está com medo de que eu dê um escândalo e fale algumas besteiras para as pessoas que vieram me prestigiar. Mas pelo menos consigo passar boa parte da noite do lado de fora do MAM, como o artista excêntrico e recluso.

Fico contando os aviões que pousam e decolam do Aeroporto Santos Dumont, e me sinto deprimido.

É onde estou agora, olhando o céu e sentindo o vento frio no rosto. Não vi mais o Fernando e sua namorada árvore de Natal e dou graças a Deus por isso. Pior do que me sentir um lixo é vê-lo pisando na minha derrota.

Chego à conclusão de que já deu, a noite acabou e posso ir embora sem bancar o anfitrião mal educado. Estou prestes a entrar no museu, quando meu coração parece parar por um segundo ao ver o que meus olhos esperavam enxergar a noite toda: Mônica está vindo em minha direção, linda em um vestido de festas prateado.

Meu primeiro instinto é acreditar que estou enganado, é uma miragem e logo vou perceber que estou sozinho, por isso esfrego os olhos, mas ela continua se aproximando até parar na minha frente.

— Oi — diz ela e a noite parece se iluminar com a sua presença.

— Meu Deus! — É tudo o que consigo falar.

Mônica ri e segura minha mão. O contato de sua pele com a minha faz com que eu fique eufórico.

— Quase não vim.

— Pensei que não viria.

— E não vinha, mas suas flores me ajudaram a chegar até aqui. Estava há um tempo lá fora, decidindo se entrava ou não e encontrei Fernando saindo, que me contou sobre a conversa que teve com você.

— Achei que ele tinha se divertido com as palavras que trocamos.

— Ah, não se engane, ele se divertiu, mas me mostrou um vídeo da sua entrevista.

— Fui para o tudo ou nada — digo, dando de ombros. — Não tinha mais nada a perder, o que mais me importa já perdi. — Jogo verde para ver sua reação e ela nega com a cabeça.

— Será? Acho que não.

Não espero que ela diga mais alguma coisa, é a deixa que eu precisava.

Envolvo Mônica pela cintura e a trago para perto de mim. Nos encaramos por alguns instantes com a respiração ofegante até nossos lábios se tocarem de leve. Dou a chance de me afastar, se quiser, mas ela faz o contrário, me puxa para mais perto até nossos lábios se tocarem, e eu a abraço forte.

— Adoro quando dias deprimentes se transformam em noites perfeitas — brinco, quando o beijo termina.

— Como você é romântico!

Começo a rir porque tudo é inacreditável. Meus braços estão prendendo sua cintura e ela apoia as mãos em meu peito.

— E agora? Vamos para Nova Iorque amanhã?

— Quem te contou da minha promoção?

— Cristiane.

Mônica ri de forma linda.

— Calma, primeiro preciso terminar o semestre na faculdade. E amanhã o Fernando vai se encontrar com meu pai, quero estar aqui para apoiá-lo, não sei como será daqui para frente.

— E você não vai?

— Acho que não. De qualquer forma, quero estar aqui caso meu irmão precise de mim.

Respiro fundo e tento me controlar. Era o que faltava, o que eu temia. Agora o irresponsável do pai dela vai atrapalhar nossa vida mais uma vez. Sei que não devo dizer nada, tenho de permanecer calado, mas não consigo. Eu me lembro das palavras de Cristiane, mas se vou começar uma nova vida com Mônica, preciso colocar para fora tudo o que penso do pai dela, preciso falar o que sempre quis e não tinha coragem quando era adolescente.

— Vocês vão esperar eternamente que ele decida ser um pai para vocês?

— Não eternamente, mas o Fernando tem de encerrar essa parte da vida dele, eu também. Vamos ver o que acontece nas próximas semanas.

— Mônica, se você ficar esperando seu pai resolver agir como um pai, vai se decepcionar.

— Não diga isso. As pessoas mudam.

Ela recua um pouco, mas a mantenho presa a mim. Sinto que a estou perdendo novamente.

— Você precisa ser realista. — Mudo meu tom de voz tentando fazer com que Mônica entenda e enxergue o que está diante de seu nariz. — Ele nunca foi um pai presente, não é agora que vai ser. Ele nunca foi um pai, você sabe disso.

— Sim, e sei que é difícil, mas o Fernando ainda tem esperanças de que ele possa mudar e preciso estar aqui por ele. Papai mudou um pouco três anos atrás. Você não sabe como ele é, não o conheceu antes de mamãe falecer.

— Não, na verdade nunca o conheci, não se esqueça disso. Ele é tão "paizão" que namorei você por dois anos e nunca vi a cara dele — digo, fazendo sinal de aspas para enfatizar o sarcasmo na palavra paizão.

Tento me arrepender do que falei, mas não consigo, apenas sinto um alívio por colocar para fora o que estava enterrado no meu peito há muito tempo.

— Como você pode ser tão insensível?

— Sempre guardei para mim o que penso do seu pai, mas não dá mais. Ele não dá a mínima para os filhos e você ainda vai deixar que ele estrague a sua vida?

— Ele não vai estragar a minha vida.

— Você só vai para Nova Iorque depois que resolver os problemas com ele, ou seja, nunca.

— Quem disse isso? Ele voltou agora e ainda tenho uns dois ou três meses aqui no Brasil. E quem disse que vou atrás dele? Acabei de falar que o Fernando vai se encontrar com ele, eu ainda não resolvi, só não espero mais nada dele. Mas acho que a decisão final cabe a mim e não a você.

Fico quieto e percebo que agi como uma criança mimada, que não espera para escutar o que os outros têm a dizer antes de dar um escândalo. Tirei conclusões precipitadas e falei muito, mais do que devia.

— Desculpa — digo.

— As palavras machucam, João. Eu sei o que meu pai fez, mas não precisa jogar na cara. Neste momento, o que mais precisava era do seu apoio, não das suas verdades.

— Exagerei.

— Sim. Por que você sempre tem de agir como um idiota e estragar quando estamos numa boa?

— Mônica...

— Você tem de pensar antes de falar, palavras machucam tanto quanto ações. Não pensei que um dia ia ouvir você falar essas coisas do meu pai.

— Não falei nenhuma mentira.

— Não, não falou. Mas ele é meu pai — diz ela, com mágoa nos olhos.

Ficamos em silêncio alguns segundos, nos encarando.

— Eu te amo — digo porque não há mais nada a dizer. — Venha comigo para o hotel.

— Eu também te amo — diz ela e dá um beijo em minha bochecha. — Mas enquanto não definir essa parte da minha vida, não conseguirei ser feliz totalmente.

Vejo-a se afastar e xingo minha boca grande.

A noite voltou a ser uma droga.

capítulo 19

"Eu acho a sua falta de fé perturbadora."

– Darth Vader para Almirante Motti em
Star Wars Episódio IV: Uma Nova Esperança

Finalmente chegou a sexta-feira. Esta semana pareceu se arrastar e durar meses ao invés de dias. Estou de volta às aulas na universidade e andar pelos prédios do complexo localizado no Recreio dos Bandeirantes, na Zona Oeste do Rio, me faz bem. João odiava tudo isso aqui, mas eu amo e sei que vou sentir falta quando for para os Estados Unidos no segundo semestre.

É incrível pensar que faltam apenas poucos meses para meu sonho ser realizado. Tanta coisa aconteceu na minha vida nos últimos dias. Há vinte e quatro horas estava disposta a ouvir João mais uma vez, mas a foto dele beijando Giovanna mexeu comigo de forma negativa. Depois, Fernando me mostrou o vídeo e fui atrás dele, para escutá-lo dizer coisas duras sobre meu pai. Tudo o que falou é verdade, mas não precisava falar.

Após conversar com a coordenadora do curso de Jornalismo e de ela confirmar que está tudo certo para minha transferência para o *Arthur L. Carter Journalism Institute*, da *New York University*, vou até a lanchonete da Dona Eulália comer algo. Minha cabeça está a mil e, quando é assim, gosto de ficar sentada em uma das mesas que tem ali, pensando e vendo os outros estudantes. Existem várias lanchonetes na Universidade da Guanabara, mas esta é a que mais frequento. Nunca decorei o nome porque todos aqui apenas chamam o lugar se referindo à dona dele. Eulália é uma mulher na casa dos quarenta e tantos, que já teve uma vida tranquila e depois sofreu com os problemas causados pelo marido, mas nunca deixou de ter uma palavra amiga para cada universitário que procurou seus conselhos.

— Olá, vai querer alguma coisa? — pergunta ela, sorridente.

— Sim, um queijo quente e um suco de laranja — respondo.

O mais legal é que Dona Eulália não se importa se os estudantes apenas ocupam suas mesas para conversar ou estudar. Os donos das outras lanchonetes daqui gostam que as pessoas consumam algo enquanto estão sentadas.

Vejo-a se afastar e quase a chamo de volta para pedir conselhos, mas meus problemas são tão insignificantes perto do que ela já passou que desisto.

Penso novamente em papai. A verdade é que o fato de ele ter abandonado meu irmão e eu quando mais precisamos pesa, e acabo transferindo isso para meu relacionamento com João. Quando nos envolvemos com alguém, desejamos e esperamos um conto de fadas, mas eles não existem e ninguém consegue ter um "felizes para sempre" o tempo todo.

Estou perdida em meus pensamentos quando Cristiane puxa uma cadeira e se senta à minha frente.

— Você não foi ontem — diz ela, como se me censurasse. — Pensei que estava se fazendo de misteriosa e iria surgir a qualquer momento, entrando linda no MAM e deixando todos de boca aberta.

Começo a rir do que Cris falou. Só ela mesma para transformar minha tristeza em algo engraçado.

— Não consegui fazer essa entrada triunfal planejada por você — digo, dando uma pausa para criar um suspense. — Mas fui, sim.

— Hã?

— Apareci lá no final da noite, mas não encontrei você e o Rafa. Logo que entrei, vi a Louise e ela me mostrou onde João estava.

— Do lado de fora! Ele ficou lá quase a noite toda.

— Eu não ia, mas o Fernando me mostrou o vídeo da entrevista e...

— E você saiu correndo para os braços do João.

— Mais ou menos. — Antes de explicar, Dona Eulália chega com meu lanche e se afasta. — Conversamos, nos entendemos e João teve de atrapalhar tudo.

— Como assim?

— Ele falou do meu pai.

— Ai, de novo não! Eu o aconselhei a não se meter no assunto e ficar quieto.

— Ele disse algumas verdades, eu sei, mas não precisava falar.

— E aí?

— E aí que brigamos, claro.

— E estão separados de novo?

— Não. Mais ou menos.

— Como mais ou menos? Ou vocês estão juntos ou não estão.

— Estamos juntos, mas ainda estou chateada, Cris.

Não foi fácil ouvir o cara que amo falar algumas verdades sobre meu pai.

— Ele não aprende. O problema é que João é um garoto mimado que teve tudo o que quis, e sempre disse o que pensava e todos o amavam.

Mas ele te ama e está sofrendo de verdade.

— Que bom!

— Que horror! — Cris tenta fingir estar chocada, mas começa a rir. — Bom, ele merece. Mas está sofrendo, precisava ver a cara do João ontem quando soube que você não iria, ficou desolado. Acho que também esperava uma entrada triunfal sua.

— Talvez este seja o problema do João: faz as coisas sem pensar e espera que eu o perdoe. Não é fácil.

Cristiane fica em silêncio e me encara.

—João ficou feliz ao descobrir que você vai para Nova Iorque.

— Fiquei sabendo que você contou da promoção.

— Você não disse que era segredo.

Ela tenta fazer cara de inocente ou arrependida, e percebo que está adorando tudo isso. Estou indo para Nova Iorque porque sonhei morar na cidade desde que João se mudou para lá, e também sei que será excelente para minha carreira e posso ser feliz ao lado do homem que amo.

Eu me despeço de Cris, que vai para seu estágio.

Assim que chego ao prédio da TV BR, que fica próximo à faculdade, encontro Fernando me esperando. Ele está do lado de fora da portaria e noto o semblante tenso.

— O que foi? — pergunto, preocupada.

Fernando me leva para longe da entrada do prédio e paramos próximo aos carros estacionados.

— Eu me encontrei com ele.

Sei que se refere ao nosso pai.

— Como foi?

— Mais ou menos, a mesma coisa de sempre. Disse que quer voltar a fazer parte de nossas vidas, quer tentar mais uma vez.

— Você acreditou?

Fernando não fala nada e percebo que sim, acreditou. Acho que meu irmão só quer se agarrar a qualquer fio de esperança para ter o pai de volta à sua vida. Não posso culpá-lo, mas tenho medo de que se machuque mais uma vez.

— Ele perguntou de você.

— Pensei muito sobre o assunto e decidi que não quero vê-lo, pelo menos por enquanto. Minha vida está prestes a mudar, estou indo embora. O que menos preciso no momento é de outra turbulência emocional. — Encaro Fernando. — Se quiser tentar, estou aqui te apoiando, mas tenha a cabeça aberta para o que pode acontecer.

— Sim, eu sei, mas não custa nada, não é?

Ele dá um sorriso triste, acho que mais para convencer a si mesmo do que a mim, e sinto um aperto no peito por tudo o que passamos e pelo que ele pode passar. Talvez estivesse animada também com o retorno de papai, se não fosse o que aconteceu nos últimos dias.

Agora, o que menos quero é mais uma preocupação e uma decepção. Vou esperar para ver como ele vai se comportar com Fernando.

— Sempre irei te apoiar, não importa o que aconteça — digo e o abraço.

Por poucos segundos penso se é melhor adiar minha ida para o exterior, mas quase que no mesmo instante desisto. Não vou mudar meus planos por causa de papai. Não de novo.

E constato que Fernando já é grande o suficiente para lidar com as consequências da volta dele.

Tenho de deixar meu irmão viver sua vida, quebrar a cara, sofrer, ser feliz. Preciso deixá-lo livre para decidir o que é melhor para ele.

Estou há menos de quatro horas de sair do hotel e ir embora do Brasil, e a sensação de que está tudo errado não me abandona. Volto para os Estados Unidos sem ter Mônica comigo. Pensei que seria perdoado mais facilmente por causa do que fiz anos atrás, mas uma leve deslizada trouxe tudo à tona. Ela não confia nem acredita totalmente em mim e isso é um problema. Não sei mais como fazer para que perceba que é a única na minha vida, quando lindas modelos surgem e me beijam na sua frente. Não sei mais como reconquistar sua confiança, nem se há uma maneira de fazer isso depois que as estruturas foram rachadas.

Fecho minha mala e me sinto menor conforme o meio da tarde se aproxima. Daqui a pouco vou para o aeroporto pegar um avião para Nova Iorque e a rotina voltará ao normal. Não era para ser assim, não foi o que planejei e detesto quando as coisas não saem como eu esperava. Mônica é mais orgulhosa do que pensei, e torço para que Cris consiga me ajudar aqui no Brasil. Ainda tenho uma última carta na manga, mas acho que estou querendo demais que ela apareça no aeroporto correndo e gritando que me ama. Esse tipo de cena só se vê em filmes; na vida real as pessoas viajam com o coração partido.

Olho pela janela do quarto e as pessoas parecem felizes andando pela orla de Copacabana. Odeio os momentos em que o mundo está tomado de alegria e eu não. Odeio pensar que meu plano não deu certo, que a exposição não quebrou o gelo de Mônica. Odeio o fato de que ela fica para trás e não tenho como levá-la comigo. Odeio pensar que nem tudo na minha vida está saindo como eu programei.

Sou acordado dos meus pensamentos e do meu ódio pela minha situação com algumas batidas na porta. Deve ser Louise, me chamando para ir embora.

Desanimado, ando pelo quarto e me surpreendo ao ver Mônica parada no corredor.

— Olá — diz ela, sorrindo.

— Olá — respondo, completamente confuso.

— Já está indo? — pergunta.

Acompanho seu olhar e vejo minha mala parada no chão do quarto. Volto a encarar Mônica.

— O que aconteceu?

— Como o que aconteceu? — pergunta ela, confusa.

— Você está aqui.

— Sim, vim me despedir.

Ainda estou atordoado quando Mônica me abraça e me beija. Automaticamente, eu a envolvo com meus braços e me perco em sua boca, seu cheiro, sua pele.

— Não estou entendendo, pensei que você estava com raiva de mim — digo, ainda segurando seu corpo junto ao meu.

— Fiquei sim, mas ontem. Hoje estou só chateada.

— Não esperava ver você aqui.

Ela franze a testa e começa a rir.

— Você pensou que estávamos separados?

— Sim.

— Não. — Ela continua a rir e beija de leve meus lábios. — Só tivemos uma briguinha, mas estamos juntos.

Meu coração dá pulos dentro do peito e a abraço forte, impedindo que fuja de mim.

— Como sou idiota. Pensei que ia voltar para os Estados Unidos sem você, que estávamos separados e tudo o que fiz não valeu a pena.

— Homens... — diz ela, olhando nos meus olhos. — Não é porque não vou com você hoje que não podemos ficar juntos. Você foi infantil, mas é o seu jeito, sei que lutou por mim e adorei todas as suas demonstrações de amor. Já nos separamos algum tempo atrás porque não conseguimos resolver nossos problemas, mas agora é diferente. Estou disposta a deixar que você passe o resto da vida mostrando que me ama, como escreveu no bilhete das flores.

Mônica pisca pra mim e eu a rodo pelo quarto do hotel.

Até que a volta ao Brasil não foi tão ruim como imaginei alguns minutos atrás.

epílogo

"Lembre-se... a Força estará com você, sempre."

– Obi-Wan Kenobi para Luke Skywalker em Star Wars Episódio IV: Uma Nova Esperança

É a primeira quarta-feira do mês e faço minha visita ao *Met* e depois ao *The Cloisters*. Estou no jardim externo, olhando as árvores que envolvem o Rio Hudson e me lembro de Mônica dizendo que sou um cara de regras. Dou um sorriso ao pensar nisso e não me importo. Sou mesmo, gosto de definir estas regras para poder aproveitar as coisas que amo. A primeira quarta é dia de cultura e, desde que retornei do Brasil, a segunda sexta-feira do mês voltou a ser dia de maratona de *Star Wars*.

É agosto, meu aniversário será na semana seguinte e estou comemorando, vou fazer vinte e dois anos e meu presente está aqui em Nova Iorque. Há três meses minha vida mudou quando voltei ao Brasil. Mantenho contato com Cristiane e Rafael, que me contam com frequência as novidades da cidade maravilhosa. Eu me sinto um cara de sorte por ter trazido esta alegria: meus amigos. Agora que não somos mais adolescentes, não deixamos a amplitude dos sentimentos afetarem uma relação e a amizade permaneceu.

Penso em quanta coisa aconteceu nestes três meses e faço uma análise dos últimos anos. Quebrei o coração de Mônica mais uma vez, mas não fiquei parado, tentei acertar tudo. Cris se mostrou uma grande amiga, me surpreendendo e me ajudando. Dei o espaço necessário para que Mônica curasse suas feridas e mostrei a ela o quanto a amo. Rafael e eu conversamos quase todos os dias pelas redes sociais ou pelo celular. A diferença de quando me mudei para cá e agora é que consegui manter meus amigos próximos e fui atrás da mulher que amo.

O dia está quase chegando ao fim e o museu vai fechar, mas antes de ir embora respiro fundo e mentalizo aquela paisagem mais uma vez na minha cabeça. Alguns turistas estão perto de mim, tirando fotos e admirando o cenário do parque ou a construção do mosteiro.

Um casal de velhinhos pede para eu tirar uma foto deles com o rio ao fundo e invejo o amor, cumplicidade e anos de intimidade que os dois têm. Quero algo assim para a minha vida, mas não conto isso a eles, óbvio. Os velhinhos agradecem e saem, e fecho os olhos, apenas absorvendo o que o ambiente daqui pode me dar. No meu ateliê em Chelsea, uma quantidade de telas brancas espera pelas inspirações espontâneas que levo deste lugar.

Estou sozinho e pretendo me manter assim, mas percebo que alguém parou ao meu lado, quase encostado em mim. Xingo a pessoa em pensamento, detesto quem não respeita o espaço pessoal do outro, e abro os olhos me preparando para me afastar quando tenho uma surpresa: é Mônica quem está ao meu lado, e meu peito é tomado por uma euforia tão grande como acontece todas as vezes em que a vejo. Espero que isso não mude nunca.

— Não esperava te encontrar aqui, pensei que te veria apenas no jantar — digo.

— Suas regras de ir a um lugar em dia e horário fixos o tornam tão previsível! — comenta.

Ela se vira para mim e faço o mesmo movimento. Estamos de frente um para o outro, tão próximos que posso sentir sua respiração. Ela está linda, com o cabelo solto, usando um vestido listrado cinza e branco. Mas algo está diferente e logo percebo o que é. Ela não usa mais o meu colar. MLSEJ.

— Você o tirou — reclamo, sentindo meu peito se apertar.

— Sim. — Mônica leva a mão ao pescoço e alisa o lugar onde

o colar deveria estar. — Não quero mais usá-lo, acho que a frase não condiz mais com a realidade nem com o que desejo para mim. Não entendo o que ela diz porque estou triste. Pensei que havíamos nos entendido e que ela havia me perdoado completamente. Mônica está em Nova Iorque há poucos dias, mas desde que chegou não nos desgrudamos.

Ainda me lembro do dia em que fui embora do Rio e ela conseguiu me alcançar no hotel antes que eu saísse. Parecia cena de novela, filme ou livro. Ela olhou em meus olhos, perguntou se podia confiar em mim e respondi que sim, claro. Mônica me beijou e sussurrou que a esperasse, em breve estaria nos Estados Unidos ao meu lado.

Mas ao ver seu pescoço sem meu colar, tento me lembrar se fiz algo errado. Estou me empenhando em não fazer nem falar nenhuma besteira, já experimentei a perda de Mônica duas vezes e, agora que está comigo, espero que seja para sempre.

E neste momento só consigo encarar seu pescoço vazio e seus olhos.

— A decisão é sua — respondo.

Estou ferido porque o colar sempre foi importante para nós dois. Mônica começa a rir.

— Você entendeu errado — diz ela. — A frase do colar está um pouco ultrapassada, não acha? *"Mesmo longe, sempre estaremos juntos"*. Isso quer dizer que estamos longe e não é a verdade. A verdade é que agora estamos juntos, estamos próximos e devemos ficar assim. Não quero que o momento mude.

Mônica se aproxima ainda mais, deixando nossos corpos colados um no outro. Minhas mãos vão para sua cintura de forma instintiva, e ela envolve meu pescoço. Encaro sua boca e me aproximo, beijando-a em uma explosão de sentimentos.

Agora sou o cara mais feliz do mundo.